伊豆的舞孃

伊豆の踊子

Izu No Odoriko

川端康成

Kawabata Yasunari

劉姿君 譯

目次
contents

總導讀　生生流轉的美麗與哀愁——川端康成作品集解說　吳佩珍　005
伊豆的舞孃　017
溫泉旅館　053
夏逝　055
深秋　082
冬來　099
抒情歌　109
禽獸　137
川端康成年譜　164

總導讀

生生流轉的美麗與哀愁——川端康成作品集解說

吳佩珍

二〇二二年適逢川端康成（一八九九～一九七二）謝世五十週年，各界或出版專書，或舉行特展紀念，臺灣的紀州庵文學森林也舉行「川端康成．大江健三郎的島嶼紀行」特展。川端康成除了是日本第一位獲得諾貝爾文學獎的作家，同時也被視爲二十世紀最重要的文學巨匠之一，其文壇重要性可見一斑。此外，他引領的文學現象至今仍未停歇，從以下幾點便可窺見：一、主要作品的文庫版至今持續再版中；二、日本作家中擁有最多翻譯作品者；三、一九七〇年創設的川端研究會對其作品研究的推展不遺餘力，研究者遍布全球。川端文學風潮之所以歷久不衰，其文學特質以及在性／別與引人爭議的政治思想問題點，都是主因。從新感覺派出發，其作品的視點與主題至今依然歷久彌新：穿越文學與電影之間的媒體性與視覺性、解構性／別重新解讀的酷兒研究、現代主義作爲作品主軸的時代性意義、以政治視點重新解讀其作爲二十世紀文學旗手的定位問題。無論從在地化還是全球化的觀點來看，川端康成無疑是最適合被閱讀與被討論的作家。

川端文學的分水嶺，可說是一九四五年八月十五日的日本敗戰。戰後初期，川端自文壇出道以來的親密戰友相繼謝世，如橫光利一（一八九八～一九四七）、菊池寬（一八八八～一九四八）。回顧自己前半生的同時，對戰後的人生，他如是說：「我將自己戰後的生命當作餘生，餘生並不屬於我，想像那是日本美的傳統的展現也不會感到不自然。」對日本傳統美與文化的追求，帶有戰爭傷痕與暗影的人物形塑，以及「佛界易入、魔界難進」的禪宗思想底流，都是戰後川端文學的主要元素。

木馬文化此次出版的川端康成作品選集，網羅川端文學各個階段的代表作品，對欲深入川端文學世界的讀者，是一大福音。包含《伊豆的舞孃》、《淺草紅團》、《雪國》、《舞姬》、《千羽鶴》、《山之音》、《湖》、《名人》、《睡美人》、《古都》、《美麗與哀愁》、《掌中小說》，以及《初戀小說》——收錄以川端初戀情人初代爲藍本的作品群。以下將就各個作品的梗概與評價進行介紹。

《伊豆的舞孃》（一九二六）是川端自述「最受到喜愛的作品」。故事梗概爲高校生「我」前往伊豆旅行途中與流浪藝人相遇，年輕的舞孃薰與「我」之間透過話語與遊戲，關係逐漸親近。薰在澡堂遠遠見到「我」，赤裸著身體跑到門口高聲呼喊，是本作的知名場景。我「只覺心頭一陣清涼」，爽朗地微笑回應，感覺「她是個孩子」。之後無意間，聽到薰與人提及：「我」是個好人，讓因自幼喪失所有至親，性格因「孤兒根性」而扭曲，深感煩悶的「我」非常感動。最後分別時，「我」的心情感覺到既美麗又空虛，「任淚水橫流」，爲「什麼都不留那般的甜美暢快」所包圍。本作帶有川端康成自身濃厚投影的自傳事實，其中少女的純粹、「孤兒根性」與療癒，是川端文學反覆出現的書寫主題。自戰前至今，川端的多數作品被改編爲影視劇，《伊豆的舞孃》被改編爲電影的次數高達六次，爲日本近代文學之冠。舞孃薰一角由各個時期的代表女優與偶像主演，如田中絹代、美空雲雀、吉永小百合、山口百惠等。此作因而被譽爲「確立女優神話」的試金石，這恐怕連川端本人也始料未及。

《淺草紅團》（一九三〇）敍述作家「我」偶然在後街遇見美少女弓子，之後又結識了與弓子相貌並無二致的少年明公；明公便是變裝的弓子。藉由弓子，「我」結識了紅團的少年少女，同時巡查探訪淺草。弓子一直以來想對赤木復仇，因爲姊姊千代在關東大地震時遭其誘姦，導致她的瘋狂。弓子在船中口含亞砒酸丸，與赤木接吻。此時，「我」與春子正在地下鐵食堂的尖塔上，紅團團員則在同一地點目擊了外套染血的弓子被拉進船艙，之後她便行蹤不明。某日，「我」在蒸汽船上目擊扮作賣油女的弓子。從作品最後來看，可知《淺草紅團》是一個「未完結」的作品。此作出版的一九三〇年，東京舉行了「帝都復興祭」——一九二三年的關東大地震摧毀了百分之四十三的東京都，歷經六年半的建設與復興，東京的現代化道路已經足以與倫敦、巴黎媲美，淺草的隅田公園與橋梁的摩登景觀，正是新生東京的象徵。不過淺草象徵並不止於現代性，《淺草紅團》中引用添田啞蟬坊的《淺草底流記》，便是當時淺草表象的代表性言說：「淺草是眾人的淺草……混合各種階級與人種匯聚成一股洪流，不分黑夜白天永無止境，是深不可測的洪流。」這也成爲一九三〇年代的淺草表徵，川端的《淺草紅團》便是將如此言說小說化的作品。全作散見過剩的都市斷片，此外透過弓子的多重身分與變身，呈現淺草三教九流人口的複雜構成。作品的「未完結」即是淺草「深不可測」的象徵。

《雪國》（一九四八）開端的「穿越國境那長長的隧道，便是雪國」，從其爲人熟知的程度，說是川端康成知名度最高的作品也不爲過。連載期間從戰前至戰後，長達十三年（一九三五～一九四七）。作爲單行本發行前，歷經繁複的改稿過程，是川端的代表作。

故事敍述「無爲徒食」的主人公島村在火車上偶遇照拂病人的女孩，望著女孩映照在車窗的臉，回想起自己初次造訪北國的溫泉鄉——也是蠶絲與縮緬的產地，以及當時結識的藝伎駒子的情景。此次相隔半年再次造訪，與駒子再會，同時發現同乘火車的女孩叫葉子，其照拂的病人則是駒子師傅的兒子行男。第三度造訪時，已進入秋季。葉子冷不防要求島村帶自己回東京，讓島村興起不得不離開此地的念頭。島村正想著離開的時機，放映電影的蠶繭倉庫起火，與駒子趕到現場時，目擊葉子自倉庫的二樓落下。伴隨駒子尖銳的高喊聲，此時島村抬頭仰望，天上銀河宛如發出聲響，落入島村體內般。此作以日本古典傳統、藝能與風土，如東洋舞踊、歌舞伎和藝伎爲背景，結合現代主義的描寫技法，如以車窗爲鏡像，隨火車前行，在夕陽餘暉映照下葉子「非現實感」的臉龐，甚而三味線琴音如漩渦般將島村的身體捲入任由拉扯，都是此作膾炙人口的橋段。以展現現代性的文學技巧描摹日本傳統風土，是此作獲得世界性矚目的主因。

《舞姬》（一九五一）描寫女主人公波子與家教老師矢木結婚二十餘年，育有夢想成爲芭蕾舞者的女兒品子與大學生兒子高男。一家生計均由波子的芭蕾舞教室維持，舊友竹原則是波子商談的對象。朝鮮戰爭之初，矢木陷入戰爭恐慌症，與高男企圖逃往海外。波子發現自己愛上了竹原，決意離婚。品子則奔向心儀的香山身邊。矢木一家陷入分崩離析。此作被評爲：對於將戰後的私小說與報導當作小說閱讀的讀者而言，作者證實了小說也是文學，也能夠是藝術。此外，戰後川端文學基調的「魔界」，首次出現在此作。波子、品子與友子三位芭蕾舞者，因未能如作中描述的天才舞蹈家尼金斯基般，成爲「進入魔界的眞正藝術家」，這般「無力感」反映出川端的戰後觀與認知。活在煩惱之人將如此「自我投影」的姿態視爲美，將煩惱（現實的醜惡）昇華至美，即是「魔界」的特徵，也是作家川端的一種創作方式。一九六八年獲得諾貝爾文學獎的紀念演講中，川端進一步言及源自一休宗純禪師的「佛界易入、魔界難進」，即「魔界」一詞的出處。

《千羽鶴》（一九五二）以茶道世界爲背景，描寫三谷菊治與父親的情婦太田夫人及其女兒文子在茶會上相遇，同是父親情婦的栗本千佳子與其弟子稻村雪子也出現在茶會上。太田夫人因菊治貌似父親而心生愛戀，兩人進而發展爲男女關係。知道兩人關係的栗本千佳子企圖破壞兩人，卻反而加深其情感。太田夫人因陷入愛欲與罪疚的兩難境地，最後自行結束生命。菊治雖爲稻村雪子所吸引，卻仍由與太田夫人的身體彷彿並無二致的文子奪去了自己的心，之後與文子在自家的茶室發生關係。事後，文子將母親遺物志野茶碗在洗手缽砸碎後，便失去蹤影。之後，菊治迎娶雪子，但因與太田母女的敗德與亂倫關係，導致遲遲無法與雪子有實質的夫妻關係，菊治的苦惱與日俱增。《千羽鶴》幾經增幅，收入最終章的版本在一九五二年出版，續篇《波千鳥》則在一九五六年出版。此作被視爲「傳統美的承襲者，其愛欲世界與珍稀茶器的世界完全重疊，展現出『美的絕對境界』」，作中錯綜複雜的愛欲與人際關係則承襲了《源氏物語》與中世文學的源流。

《山之音》（一九五四）以鎌倉爲舞臺，描寫終戰不久後，六十二歲的尾形信吾一家四口的生活日常。除了信吾，還有妻子葆子，從戰場歸來的長男修一及其妻菊子。一家人的日常便是一起觀賞電影《勸進帳》、颱風停電、長女房子離婚回娘家，以及出席友人葬禮。其中的「非日常」便是菊子的人工流產事件；這肇因於修一與戰爭未亡人絹子的不倫關係，象徵戰爭傷痕的陰影籠罩信吾一家。此作對戰後不久家族的日常生活做出精緻的寫實描繪，即使如此，信吾仍在這日常之中發現了美與神祕。例如「山之音」一章，他在月夜的庭園中聽著「彷彿夜露在樹葉與樹葉間落下的聲音」。作品整體蘊含詩的結構，這可從同樣的主題在各章反覆出現的組成所看出。如「做夢」在第二章「蟬翅」、第五章「島之夢」、第八章「夜之聲」、第十二章「傷後」、第十四章「蚊群」、第十五章「蛇卵」的反覆描寫。一九五四年的改編電影由擅長女性電影的成瀨巳喜男執導，原節子演出，川端也表示是自己喜歡的電影。

《名人》（一九五四）經過長期的增幅與推敲，自一九三八年起以〈名人引退棋賽觀戰記〉爲題，在《東京日日新聞》連載。一九五四年則以《吳清源棋談・名人》爲題，發行單行本，敘述第二十一世本因坊秀哉名人在一九四〇年一月十八日早晨於熱海的鱗屋旅館去世，距離其最後的圍棋賽結束，僅過一年。生平無敵手的名人在生涯最後的勝負敗下陣來，名人之死被視爲其個人以及傳統藝道的終焉。一九三八年於芝的紅葉館對局，在嚴格平等的規範下進行比賽。相較於對手善用棋盤之外的戰術，如巧妙運用休息時間等，以圍棋傳統爲藝道的名人根本不敵盤外的爾虞我詐，就此輸掉生涯的最後一戰。針對此作的文類到底是隨筆還是小說，各有主張。另一方面，此作的新視點，則是將個人相對於時代，將日本的敗戰與名人的敗陣，進行重層化的解讀。

《湖》（一九五五）曾被文藝評論家中村眞一郎評爲：「戰後的日本小說中最值得矚目的完美成就。」本作也是戰後川端文學主軸「魔界」的本格化作品。主人公桃井銀平自喻爲「魔界的居住者」，故事整體以其奇特行徑爲主軸，若是中意的美麗女性，便加以尾隨。遇見美少女町枝時，銀平妄想著：「想在這美麗黑色眼珠中的湖泊裸泳。」書中將他對女性暗藏的情念，以現實、回顧、幻想、妄想形式呈現，這些情念以連鎖串聯的「意識流」描寫，推進故事的開展。這樣的聯想文學形式，中村眞一郎指出是日本中世文學的連歌手法再現。此外，此作被認爲是從寫實主義的桎梏中解放，與法國象徵主義文學產生共通性。

《睡美人》（一九六一）爲五章構成的中篇小說，被視爲「魔界」主題作之一。是川端文學後期的代表作，具前衛與頹廢意趣。敍述由已喪失男性機能的賦閒老人組成的「祕密俱樂部」，俱樂部會員之一的江口老人在海邊旅館中，與因服用安眠藥而失去意識陷入昏睡、全身赤裸的年輕女子們度過夜晚的故事。主人公自覺步入老衰，在這歡樂館邸中仔細眺望「睡美人」們的年輕肉體，同時回想過去的戀人、自己的女兒以及死去的母親。各種片段的回憶、妄念、夢想來去心間，全作主要描寫其官能欲望與頹唐。此作迥異於以傳統日本之美爲基調的《古都》與《千羽鶴》的意趣，並且常被拿來與谷崎潤一郎同爲描寫老人的「性」的《瘋癲老人日記》相提並論。三島由紀夫與愛德華．賽登斯蒂克（Edward G. Seidensticker）譽爲「無庸置疑的傑作」，之後的文藝評論也採用此一評語。

《古都》（一九六二）是川端康成諾貝爾文學獎得獎作品，也是其重要的代表作。事實上，海外的評價要高於日本國內。作品以京都爲舞臺，敍述織物老鋪的女兒千重子，雖深得父母疼愛，卻始終煩惱自己是否爲棄嬰，父母則解釋她是在祇園祭期間的夜櫻樹下遭誘拐而來。葵祭過後的五月下旬，千重子造訪北山杉林，在山中遇見與自己相貌一模一樣的苗子。之後在七月的祇園祭宵山，兩人再度相遇。苗子告訴千重子，兩人是孿生姊妹，父母俱在。此外，周旋在千重子身旁的男性有和服腰帶織物職人秀男、千重子的青梅竹馬眞一及其兄龍助。秀男起初誤將苗子當作千重子，之後進而向她求婚。苗子認爲他所愛之人並非自己，而是千重子的幻影，因而拒絕他的求婚。千重子邀請苗子到家中，苗子下定決心只見她一次。姊妹倆同床，度過幸福的一晚。隔天早晨，苗子便離開粉雪微飄的古都，回到北山杉的村落。作品世界中同時存在千重子的線性時間意識與京都空間的循環性時間結構，交錯推進故事進行。其中人物的相遇與關係變化都伴隨古都四季循環的重要祭典：葵祭、伐竹會、祇園祭、大文字，讓人體現川端文學立基的傳統美學與古典風土。

《美麗與哀愁》（一九六四）敍述已婚的小說家大木在年輕時愛上女學生音子，音子懷孕後死產，歷經自殺未遂進入精神病院，後與母親移住京都。大木以小說〈十六、七歲少女〉確立文壇地位，音子也成爲知名畫家。音子的弟子坂見景子對音子懷抱情感，卻發現音子仍愛著大木，於是展開復仇。除了誘惑大木，還將矛頭指向大木的兒子太一郎。兩人在琵琶湖同乘快艇，之後發生事故，船沉入湖底，只有景子獲救。出版當時，此作被定位爲「通俗的羅曼史小說」，多爲負評；但也有評論認爲，因是爲女性雜誌（《婦人公論》）而寫，屬於輕鬆調性的中間小說[1]。時至今日，此作被定調爲：本格的藝術小說，尖銳地指摘現實與空想之間的矛盾，同時帶有通俗性。

《掌中小說》（一九七一）：在新感覺派《文藝時代》同人當中，川端的「掌中小說」

1／ 日本戰後的一種流行文類。

創作量最豐。川端曾在一九二六年一月的〈掌篇小說的流行〉一文中，提及「所謂掌篇小說，是輯錄《文藝時代》新人諸氏的極短篇小說，由中河與一命名」，同時認爲，藉由掌篇小說的流行，小說的創作會如短歌、俳句般出現普及的可能性。也期待此文類能促進日本獨特的發展，最後在特殊的文學傳統與國民性中完全落地生根。從一九二一年七月的〈油〉到一九七二年八月的〈雪國抄〉，目前列入掌中小說群的作品共計一四六篇，川端的掌中小說被譽爲「在如散文詩般被切割的小小世界中，吞吐巨大的文學世界，同時變換自在地驅使形形色色的樣式。（長谷川泉〈掌の小說論〉）」，是川端被視爲獨步文壇的重要文類。

《初戀小說》（二〇一六）收錄川端以初戀情人伊藤初代爲藍本的作品：所謂「千代文」的作品群。此作品集由新潮社於二〇一六年發行，出版的起因爲：二〇一四年發現了初代寫給川端的十一封信，以及川端寫給初代卻未寄出的信函。此作亦收錄川端的女婿，也是川端康成紀念會理事長川端香里男的〈解說〉，介紹兩人從結識、訂婚到初代片面悔婚乃至川端試圖理解初代的念想如何化作一篇篇創作的過程。收錄作品的創作時間從一九二三年到一九六三年，可見伊藤初代事件對川端文學的深刻影響。川端這段永遠無法成就的青春稚嫩的戀情，與對純潔少女懷抱的夢想、神聖處女面影的憧憬、孤兒的成長歷程等主題融合，形成其文學特徵的基盤，也是形塑川端文學的重要元素。

直接將初代的事件作爲題材的作品群，在發表當時並未收入刊行本。直到川端五十歲初次發行全集時，才首次收錄。在後記中，川端引用自己當年的日記，回顧自己的半生，並對於此作品群的藍本，首次進行具體的詳述。一九二三年發表首篇〈南方之火〉，其命名源自初代於丙午（一九〇六）年出生，「丙爲陽火，午爲南方之火」（《初戀小說》）。作品群中重複出現的「非常之事」出自初代給川端的訣別信內容，也就是初代爲何突然悔婚的謎團。隨著二〇一四年兩人的書簡出土，經初代的三男櫻井靖郎證實，終於解開謎團：初代當時遭西方寺的僧侶強暴。此外，初代也在戰後的日記中寫下，已在一九二二年將此事原委告知川端。

（本文作者爲國立政治大學臺灣文學研究所教授）

伊豆的舞孃

一

眼見山路更形蜿蜒，正想著天城嶺不遠了，雨勢便將密密的杉林染白，以驚人的速度從山腳朝我追來。

我二十歲，戴著高等學校的學生帽，穿著紺飛白[1]的和服與袴[2]，背著學生書包。這是我孤身踏上伊豆之旅的第四天。我在修善寺溫泉過了一夜，在湯島溫泉過了兩夜，然後趿著朴齒[3]的高跟木屐爬上天城山。山巒層疊、原生林與深谷金秋雖令人迷醉，我卻因某個期待滿心悸動而急急趕路。不久，豆大的雨滴打落在身上，我奔跑著爬上曲折的陡坡。終於抵達山嶺北口的茶屋，才鬆了一口氣，我就在門口呆立不動。因爲期待赫然成眞了。流浪藝人一行人正在茶屋裡歇息。

見我佇在那裡，舞孃立刻讓出自己的坐墊，翻了面放在旁邊。

我只應了聲「啊……」便在上面坐下。疾行上坡的喘息與驚喜，讓「謝謝」兩個字哽在喉嚨出不來。

由於舞孃過於迫近，我慌亂地從袖裡掏出菸來。舞孃又將女伴面前的菸草盆移向我。我

1／ 紺青色底白碎花紋的棉織品。

2／ 傳統的和服褲裙。

3／ 日本厚朴做成的粗木屐齒（鞋跟）。

依舊沉默著。

舞孃看似約莫十七上下的年紀，梳著我不認得的老式髮髻。那形狀奇特的大髮髻將她清麗的鵝蛋臉襯得極小，卻形成美麗的協調。予人野史中刻意誇大豐盈髮量的少女畫像之感。與舞孃同行的有一個四十多歲的女人、兩個年輕女人，再一個二十五、六歲的男子，身穿印有長岡溫泉旅舍屋號的半纏[4]。

在此之前我已兩度見過舞孃一行人。第一次是我來湯島途中，在湯川橋附近遇見要前往修善寺的他們。當時有三個年輕女人，舞孃背著太鼓。我一路再三回頭，自覺感染了旅人情懷。而後，在湯島的第二個晚上，她們來到旅舍賣藝。舞孃在玄關的木地板上跳舞，我坐在樓梯中段看得忘我。——那天在修善寺，今晚在湯島，明天應該會往南越過天城前往湯野溫泉吧。在天城七里[5]的那段山路肯定能追上他們。我懷著這樣的猜想一路趕來，不料在避雨的茶屋便遇個正著，心下忐忑不已。

不一會兒，茶屋的婆婆來領我到別的房間。那裡似乎平常無人使用，沒有紙窗、也沒有擋雨窗。往下一看，美麗的溪谷深不見底。我不覺起了雞皮疙瘩，牙齒咔嗒作響，渾身發抖。我對來倒茶的婆婆說很冷，婆婆便說道：

「哎呀，小爺一身都溼了。暫且到這邊烤烤火，來，將身上的衣服烤乾吧。」說著，她

4／ 形似羽織（外褂）的短外衣。袖窄，多爲工作、防寒之用。在衣領、背後印有商號與家徽者亦稱「印半纏」，主要供工匠或商家夥計穿著。

5／ 此處爲日本舊制距離單位，一里爲三十六町，約三．九二七公里。

拉起我的手，邀我到他們的居室。

那個房間砌有地爐，格子拉門一開便洩出一股很強的熱氣。我站在門前遲疑著。一個活像溺死屍般全身青腫的老人就盤坐在爐邊，一雙彷彿連眼珠子都潰爛發黃的眼睛幽幽轉向我，身旁滿滿的陳舊信紙和紙袋築起了小山，也可以說整個人埋進了那廢紙堆裡。我望著委實不像生物的山怪，呆立在那裡。

「讓您見笑了……不過，這是我家老頭子，您別擔心。是礙眼了些，可他動不了，還請您多擔待。」

一番道歉後，婆婆說，老人中風多年，全身不遂。那些紙堆，便是來自各地教人中風療養的信，以及從各地買來的中風藥的藥袋。老人或是向越過山嶺的旅人打聽、或是看報紙廣告，然後一則不漏地，問遍了全國各地的中風療法、買遍了藥。而那些信和藥袋他一張都沒丟，就擱在身邊看著。多年下來，便成了一座廢紙山。

我無話可答，朝地爐低著頭。越過山頭的汽車震動了屋子。我心想秋天就這麼冷，而且很快地白雪亦會覆蓋這山嶺，何以這位老人不下山呢？我的和服冒出蒸氣，火勢大得令人頭疼。婆婆走去店裡與流浪藝人中的女人攀談著。

「這樣啊。上回妳帶著的那孩子已經長這麼大了。長成一個好女孩，妳也眞有福氣。變得這麼漂亮！女孩子家就是早熟啊。」

過了快一個鐘頭，傳來流浪藝人整裝出發的動靜。我也不該再耗下去了，可心裡猛打鼓卻連起身的勇氣也沒有。藝人們雖習於行旅，畢竟還是女人，就算晚個十町[6]、二十町，跑一下就能追上——我心下一邊盤算，一邊在爐邊著急。但等舞孃等人不在近旁之後，我的想像卻如獲解放般生龍活虎地躍動起來。我問送她們離去的婆婆：

「那些藝人今晚要在哪裡過夜？」

「那種人，哪知道會在哪裡過夜呢，小爺。哪兒有客人便在哪兒過夜唄。天曉得他們今晚住哪喲。」

婆婆極其鄙夷的話語煽動了我，甚至讓我幻想著，既然如此，今晚就讓舞孃在我房裡過夜。

雨勢漸小，山峰逐漸清晰。婆婆雖一再挽留我，說再等個十分鐘便會完全放晴，但我實在坐不住了。

「老先生，您多保重啊。接下來天氣就要變冷了。」我誠心說完後站起來。老人吃力地轉動泛黃的眼，微微點頭。

「小爺、小爺！」婆婆喊著追上來。

6／ 日本舊制距離單位，一町約爲一〇九公尺。

「您給了這麼多，不敢當呀。」

然後抱著我的書包不肯還我，任我如何婉拒都堅持要送我一程，怎麼也勸不聽。一路跟著我走了一町遠，口中翻來覆去說著同樣的話：

「怎麼好意思，沒能好好款待您。我記得您了，下回您經過時可要好好謝謝您。請您一定要再來，我不會忘了您的。」

我只不過留了一枚五十錢的硬幣，她的話卻教我驚愕得泫然欲泣，但我想早點追上舞孃，婆婆蹣跚的腳步也是個拖累。終於來到天城嶺的隧道。

「謝謝。老先生一個人在家，您快回去吧。」我這麼說，婆婆才總算放開了書包。

走進昏暗的隧道，裡面滴滴答答落著冰冷的水滴。通往南伊豆的出口在前方微微發亮。

二

山嶺的路單側豎立著上了白漆的柵欄，如閃電般自隧道出口延伸而下。藝人們的身影便在這模型般的景觀下方。走不到六町，我便已追上他們一行人。但又不好驀然放慢腳步，於是我貌似冷淡地追過那群女子。獨自走在十間[7]前的男人看到我便停下。

「好快的腳程啊。——正好放晴了。」

我鬆了一口氣，與男人並肩而行。男人接二連三問了我許多事。見我倆說起話來，女人們便從後面啪嗒啪嗒跑過來。

男人背著一個大大的柳條籮筐。年約四十的女人抱著小狗。女孩們分別帶著大件行李，年紀最大的姑娘背著包袱，年紀居次的背著柳條籮筐。舞孃背著太鼓和鼓架。四十歲女人有一句沒一句地向我搭話。

「是高等學校的學生啦。」大女孩對舞孃低聲說。見我回頭便笑著說道：

「我沒猜錯吧？這我好歹看得出來。島上也有學生會來。」

他們來自大島的波浮港。說是春天離島後便遊走各地，但天氣漸冷，又沒準備冬天的衣物，於是預計在下田逗留個十天便從伊東溫泉回島上。聽到藝人們來自大島，我感到詩意更濃，目光又投向舞孃的秀髮。我問了許多關於大島的事。

「很多學生來游泳呢。」舞孃對同行的女子說。

「夏天的時候吧？」我回頭說著。舞孃略顯慌張，似是小聲回話：

7／日本舊制長度單位，一間約一．八二公尺。

「冬天也有……」

「冬天也有？」

舞孃還是望著同行的女子，然後笑了。

「冬天也能游泳嗎？」我又問一次，舞孃臉紅了，以極其認眞的神情輕輕點頭。

「傻孩子。」四十歲女人笑道。

沿著河津川的溪谷到湯野，是一段三里多的下坡路。過了天城嶺之後，連山景與天色都洋溢著南國情調。我與男人聊個不停，完全熟絡起來。過了荻乘、梨本等小村莊，可望見山腳下湯野的茅草屋頂時，我大著膽子說想與他們一同旅行到下田。男人大爲驚喜。

在湯野的廉價旅社[8]前，四十歲女人正朝我露出道別的表情時，男人替我說了：

「先生說要與我們同行。」

「那眞是再好不過了。行旅靠同伴，處世靠人情。就算是我們這樣不足爲道的人，也能給您解解悶的。請進來休息吧。」她隨口應道。女孩們不約而同看了我一眼，若無其事地保持沉默，又似是略帶羞赧地望著我。

我與衆人一起上了旅社二樓卸下行李。榻榻米和紙門都又舊又髒。舞孃從樓下端茶上來。她一在我面前坐下，便滿臉通紅，雙手抖得厲害，眼看茶杯就要從茶托滑落，擔憂茶杯

8／ 木賃宿：江戶時代不供餐的客棧，賣木柴讓旅客自炊，收取木柴費用（木賃）代替房錢，因而稱爲木賃。後泛指簡陋的廉價旅店。

眞打翻了便趕緊放在榻榻米上，哪知茶反而灑了出來。她實在太過靦腆，讓我看傻了眼。

「哎！眞討厭，這丫頭情竇初開了呢。哎呀呀……」四十歲女人受不了似的蹙起眉頭，將手巾扔過來。舞孃拾起手巾，拘謹地擦著榻榻米。

因這意外的幾句話，我猛然自省。感覺被山頭的婆婆所煽動的幻想驀地破滅了。

這時四十歲女人突然說道：

「學生的紺飛白眞好看呢。」然後頻頻打量我。

「這位先生的和服和民次的是同樣花色呢，對不對？是同樣的吧？」

她幾度向旁邊的女孩確認後，對我說：

「我還有個孩子留在老家上學，剛想起他了。那孩子的飛白也和您的一樣。最近紺飛白貴上許多，眞是頭痛。」

「上哪裡的學校？」

「尋常小學[9]五年級。」

「哦，尋常小學五年級嗎……」

「他上的是甲府的學校。我們在大島待很久了，但故鄉是甲斐[10]的甲府。」

休息一個鐘頭之後，男人領我到另一家溫泉旅館。在此之前我一心以爲要和藝人們住同

9／ 即現今的小學。二戰前爲尋常小學校，二戰中改爲國民學校。
10／ 日本舊時地名，位於現今山梨縣。

一家廉價旅社。我們從大街往下走了約一町的碎石路和石階，過了小河畔公共溫泉旁的橋。橋的另一端便是溫泉旅館的庭院。

我泡在旅館內的溫泉時，男人稍後也進來了。他說起自己就要二十四、妻子因流產與早產兩度失去了孩子等事。見他穿著印有長岡溫泉的半纏，我一直以爲他是長岡人。又因其長相和談吐頗爲知性，還猜想他若非好奇心旺盛，便是愛上藝人姑娘，幫著她們背行李沿路跟來。

泡過溫泉我很快用了中飯。早上八點就離開湯島，眼下還不到三點。

男人要回去時，從庭院仰頭向我告辭。

「拿去買點柿子吃吧！恕我不下樓了。」說完，我扔出一小包錢。男人拒絕了要走，但那紙包已落在庭院裡，於是他折返拾起後說道：

「您可別這樣。」又往上拋還給我。不料落在茅草屋頂上。我再扔下去，他這才帶走。

傍晚下起大雨。群山白濛濛地分不出遠近，前方的小河轉眼變得黃濁不堪，水聲大作。我尋思大雨之際，舞孃一行人多半不會出門賣藝，卻還是坐不住，便三番兩次前去泡溫泉。房內昏暗。與鄰室相隔的紙門開了一個方形的洞，門框上垂掛著電燈，一盞燈兩房共用。

咚咚咚咚……劇烈的雨聲遠處隱約響起太鼓聲。我奔也似的打開擋雨窗探身到窗外。太鼓聲似是愈發接近。風雨打在我的頭上。我閉上眼豎起耳朵，努力判斷太鼓聲的來源與動靜。旋即傳來三味線的樂聲。還有女人悠長的叫聲、熱鬧的笑聲。於是我明白了藝人們被找去廉價旅社對面的酒樓宴席上表演。可以聽出兩、三個女人的聲音與三、四個男人的聲音。我料想表演結束之後應該就會往這裡來，便耐心等著。但酒宴似乎歡快過了頭，漸漸演變爲大吵大鬧。女人尖銳的叫聲時不時如閃電般劃破暗夜。我繃緊神經，仍是開著窗就這麼坐著。每聽到太鼓聲，心頭便悄然發亮。

「啊，舞孃還坐在宴席裡。她正坐著打太鼓呀。」

鼓聲一停，我便感到難以忍受。整個人沉到雨聲深處。

不久，不知是衆人相互追逐還是四處起舞，紊亂的腳步聲持續了好一陣子。然後，鴉雀無聲。我極盡目力所及，試圖透過黑夜看清這道靜謐爲何物。我苦惱著舞孃這一晚是否會被玷汙。

關上擋雨窗就寢後，我仍感到心頭苦悶。於是又去泡了溫泉，將熱水亂撥一氣。雨停了，月亮出來了。雨後的秋夜澄淨明亮。我想，即使我赤著腳衝出浴場也莫可奈何。此刻已過深夜兩點。

三

翌晨九時許，男人便來到我的下榻處。剛起床的我約他一起去泡溫泉。南伊豆晴朗美麗的小陽春中，水位上升的小河在浴場下迎著暖陽。雖也自覺昨夜的煩惱猶如夢一場，我還是試探著對男人說：

「昨晚熱鬧到很晚啊。」

「原來您都聽到了？」

「當然聽到了。」

「都是本地人。本地人淨是愛胡鬧，一點意思也沒有。」

見他說得過於輕描淡寫，我便不作聲。

「那些傢伙去了對面的溫泉。——您瞧，看來發現我們了，還笑著呢。」

我順著他指的方向，朝河對岸的公共溫泉看去。熱氣氤氳中，朦朧浮現七、八個人的裸體。

只見昏暗的浴場深處突然跑出一個裸女，以往河岸跳的姿勢站在脫衣場突出的一角，全力張開雙臂叫喊著什麼。身上一絲不掛，連條手巾都沒有。那是舞孃。望著她如幼嫩的泡桐般一雙腿伸得筆直的雪白身軀，我只覺心頭一陣清涼，吁了長長一口氣之後，輕聲笑了。她是個孩子。一個因爲發現我們，便高興得光著身子飛奔至陽光下，踮起腳尖努力挺直身子的孩子。開朗的喜悅令我止不住笑意。腦袋如擦拭過般明淨。微笑停不下來。

舞孃的髮量豐盈，以至於看來有十七、八歲。再加上打扮得猶如二八年華，讓我產生了天大的誤會。

男人與我一同回到我房間，不久便看到大女孩來到旅館的庭院觀賞菊花園。舞孃正走上橋中央。四十歲女人走出公共溫泉看著她倆。舞孃縮著肩膀，一副「要回去了不然會挨罵」般朝我們笑了笑，便快步折返。四十歲女人來到橋邊朝我喊著：

「要來玩喔！」

「要來玩喔！」

大女孩也說了同樣的話，她們便回去了。男人則待到傍晚時分。

當晚，我與一個四處批發紙類的客商下圍棋時，聽見旅館的庭院傳來太鼓聲。我正想起身。

「流浪藝人來了。」

「那沒什麼好看的。來、來，換你了。我走了這一步。」紙商輕敲著棋盤說，一心都在棋局上。就在我心神不寧之際，藝人們似已踏上歸途，男人從庭院朝我喊道：

「晚安。」

我來到走廊向他招手。藝人們在庭院裡交頭接耳了幾句，然後繞到門口。三個女孩跟在男人身後依序向我道「晚安」，在走廊上跪坐扶地像藝伎那樣行禮。這時棋盤上我方露出敗象。

「看來沒救了。我認輸。」

「沒那回事。我更糟呢。勝負難料啊。」

紙商瞧也不瞧藝人們一眼，仔細數著棋盤上的目數，落子更加謹慎。姑娘們將太鼓和三味線在房間一角放好，便在將棋盤上玩起五子棋。而我也輸掉了本來有贏面的棋局，但紙商仍纏著央求：

「再一局如何？再下一局吧！」但我只是無謂地笑著，紙商便死心站起來。

姑娘們來到圍棋盤近前。

「今晚幾位還要去哪兒表演嗎？」

「是要去的，不過……」男人朝姑娘們看去。

「怎麼辦好？要不就休息一個晚上，請學生同我們玩？」

「好開心喔！好開心喔！」

「會不會挨罵呀？」

「那算什麼，再說就算出去了也沒什麼客人。」

於是大夥兒玩著五子棋，過了十二點才離開。

舞孃回去後，我感覺腦子仍清醒得很，毫無睡意，便到走廊上試著喊：

「紙商先生，紙商先生。」

「哦哦……」年近六十的老先生從房裡飛奔出來，幹勁十足地說道：

「今晚可要下一整夜，下到天亮喔！」

我也鬥志昂揚。

四

約好次日早上八點從湯野出發。我戴上公共浴場旁買的鴨舌帽，將高等學校的帽子塞進書包深處，前往大街旁的廉價旅社。見二樓的窗已敞開，我沒多想便逕自走上樓，不料藝人們還沒起床。我吃了一驚杵在走廊上。

就在我腳邊的被窩裡，舞孃漲紅了臉，雙手猛地捂住臉。她與年紀第二大的女孩同睡一床。臉上還留著昨夜的濃妝。嘴脣與眼尾的胭脂微微暈開。這別具風情的睡姿撩動了我的心。她覺得刺眼般一個翻身，手仍掩著臉，一鑽出被窩便跪坐在走廊上：

「昨晚眞謝謝您。」她行了優美的一禮，呆立著的我不知所措。

男人和大女孩同床共寢。看到這一幕之前，我完全沒發現兩人是夫妻。

「眞是對不起呀。本來打算今天出發，但聽說今晚有宴會，我們決定延一天再走。若您無論如何都要今天出發，那麼在下田會再見面的。我們都住一家叫甲州屋的旅社，一問就知道的。」四十歲女人從被窩裡撐起上身說。我有種被推開的感覺。

「您要不要也明天再走呢？我不曉得我媽要延一天。路上有伴比較好。明天和我們一道吧？」男人說道。四十歲女人也附和：

「就是呀。難得您同行，還這樣自作主張真是不好意思——明天別說下雨，就算降下刀槍我們也要動身。後天便是在旅途中死去的嬰兒的七七，我早就打算七七在下田爲他盡點心，一路上趕著要在那天之前抵達下田。這樣說雖有失禮數，但難得有緣，後天也請您給他上炷香。」

於是我決定延後出發，然後下了樓。在髒兮兮的帳房與旅社的人邊閒聊邊等藝人們起床時，男人邀我去散步。大街往南不遠，有一座美麗的橋。他靠在橋的欄杆上，又談起自己的身世。他說，他曾經有一小段時間加入一群東京的新派演員。似乎迄今也時常在大島的港口演戲。他們的行李包袱像長了腳似的露出一截刀鞘，便是因爲在宴席上也會表演一些演戲的橋段。柳條籮筐裡裝的就是那些戲服及鍋碗瓢盆等日常用品。

「我是誤了自己才落魄到這步田地，但我哥哥在甲府好好繼承了家業。所以，我可說是無用之人。」

「我以爲您是長岡溫泉的人。」

「是嗎？那個大女孩就是我太太。比您小一歲，今年十九，旅行在外時第二胎早產，孩子活一週就斷氣了，她的身體也還沒養好。那個老媽子是她的親娘。舞孃是我的親妹妹。」

「咦？所以您說有個快十四歲的妹妹是……」

「就是她。我一直很煩惱，雖不願讓妹妹做這種事，但實在有種種苦衷。」

接著他告訴我，他叫榮吉，妻子是千代子，妹妹叫薰。只有另一位叫百合子的十七歲女孩是僱來的大島人。榮吉非常感傷，泫然欲泣地凝望著河灘。

返回旅館，只見洗淨脂粉的舞孃正蹲在路邊撫摸一隻小狗的頭。我正想走回自己的下榻處，便向她說：

「歡迎妳來玩。」

「好。可是我一個人……」

「和哥哥一起來。」

「馬上去。」

榮吉很快就來到我的房間。

「其他人呢？」

「老媽子囉嗦，不讓她們過來。」

但是，當我們兩人下著了一會五子棋時，女孩們便過了橋一個個上二樓來。她們照例規規矩矩地行了禮，卻跪坐在走廊上顯得有些遲疑，千代子頭一個站起來。

「這是我的房間。快請進，別客氣。」

玩了一個鐘頭後，藝人們去了這家旅館的溫泉浴場。雖再三邀我一道，但想到三名年輕女子在場，我便託辭說晚點再去。隨後舞孃一個人又上樓來。

「姊姊說要爲您洗背，請您過去。」她來爲千代子傳話。

我沒去泡溫泉，而是和舞孃下起五子棋。她的棋藝驚人。若是採淘汰制，輕而易舉便能贏過榮吉和其他女孩。連五子棋少有對手的我都感到吃力。下棋時無需刻意放水，卻也令人備覺痛快。眼下就只有我倆，起初她還遠遠地伸長手落子，可漸漸變得忘我，專注得整個人都要壓上了棋盤。美得不似眞髮的黑色秀髮幾乎就要碰到我的胸口。突然間，她的臉緋紅一片，說了：

「對不起。會挨罵的。」便丟下棋子奪門而出。原來那老媽子就站在公共浴場前。千代子和百合子也匆匆出浴，沒上二樓就逃了回去。

那天，榮吉也是從早到傍晚都在我下榻的房間玩。看似純樸親切的旅館老闆娘勸告我，說請那種人吃飯太浪費。

夜裡，我去了廉價旅社，舞孃正在向她母親學三味線。一見我便停下來，但被母親說了幾句又拿起三味線。每當歌聲稍微變得高亢，她母親便說：

「都叫妳別拉高聲音了。」

榮吉被叫到對面酒樓二樓的宴席，從旅社這一頭可以看見他正吟誦著什麼。

「那是什麼？」

「那是——能劇的『謠』。」

「眞是謠就奇怪了。」

「他會的可多了，都不曉得接下來要端出什麼花樣。」

這時，同樣住在廉價旅社的一個賣鳥的四十來歲男子打開拉門，喊女孩們說要請她們吃好吃的。舞孃與百合子便拿著筷子一同去了隔壁房間，就著賣鳥人吃剩的雞肉鍋大快朵頤起來。過來這邊房間的路上，賣鳥人輕輕拍著舞孃的肩。老媽子立時板起臉：

「喂！別碰這孩子。她可還是黃花閨女。」

舞孃喊著叔叔、叔叔，央求賣鳥人讀《水戶黃門漫遊記》給她聽。但賣鳥人很快就起身走了。她不敢直接央求我接著讀，便不時說著要媽媽拜託我的話。我懷著期待拿起話本。果不其然，舞孃一路靠過來。我一朗讀，她的臉便挨近得幾乎要貼上我的肩膀，一臉專注，雙眼發亮地望著我的額頭，眨也不眨。剛才她的臉也幾乎要和賣鳥人貼在一起。我都看到了。這雙美麗晶亮、大大的黑色眼眸，無疑是舞孃全身最動人之處。雙眼皮的線條美得不可方物。還有她的如花笑靨。如花笑靨這幾個字在她身上沒有半分誇大。

不久，酒樓的女侍來接舞孃。舞孃穿戴好對我說：

「我一會兒就回來，請您等等我，再接著讀喔。」

然後到走廊上又行了個禮。

「我過去了。」

「絕對不可以唱歌喔。」她母親說著，她提著太鼓輕輕地點了頭。她母親回頭對我說：

「她現在正在變聲……」

舞孃端坐在酒樓的二樓打著太鼓。她的背影清晰得如同就在鄰室。太鼓聲讓我的心輕快地起舞。

「一加上太鼓，宴席就熱鬧起來了呢。」媽媽也看著對面。

千代子和百合子也去了同一場宴會。

過了約莫一個鐘頭，四人一起回來了。

「只有這一點……」舞孃鬆開了握拳的手，五十錢硬幣嘩嘩落入母親的手心。我又朗讀了一會《水戶黃門漫遊記》。他們再次提及死在旅途中的孩子。據說那嬰兒出生時像水一般透明。連哭的力氣也沒有，卻仍撐了一週才斷氣。

既不好奇，也不輕蔑，彷彿忘了他們是流浪藝人這般身分之人——我這番尋常的好意，似乎深入他們內心。不知不覺便認定我要去他們在大島的家了。

「爺爺住的那房子好。那裡地方大，將爺爺趕出去就安靜了，要待多久都可以，也方便用功。」他們這樣商量之後對我說：

「我們有兩間小房子。靠山那邊的幾乎沒人在住。」

又說好正月時我過去幫忙，大家在波浮港演戲。

我漸漸明白了他們旅途中的心境，並非我最初以爲那般艱苦，而是不失野趣、十分悠哉。也感覺得出正因是母女兄妹，彼此間以親情相繫。唯有僱來的百合子正值最靦腆的年紀，在我面前總是低著頭。

過了半夜我才離開廉價旅社。女孩們送我出來。舞孃爲我擺好木屐。她從門口探出頭，眺望明亮的天空。

「啊，月娘娘。——明天就到下田了，好高興呢。要給寶寶做七七，請媽媽幫我買梳子，還有好多事得忙。要帶我去看電影喔。」

原來在輾轉於伊豆相模的溫泉等地的流浪藝人心中，下田這個港猶如異鄉中的故鄉，充滿懷念之情。

五

藝人們分別負起越過天城那時的行李。小狗的前腳搭在那老母親的臂彎，看似已習於旅途生活。一離開湯野，便又入了山。海上的朝陽曬暖了山腹。我們望向朝陽。河津川盡處的河津，海灘明亮開闊。

「那就是大島吧。」

「看起來那麼大呢，要來玩喔！」舞孃說道。

或許是秋日天空太過晴朗，太陽近處的海如春日般蒙上霧靄。從這裡到下田還得徒步五里路。有好一段路大海時隱時現。千代子悠然唱起歌來。

半路上他們問我要走較崎嶇卻少上近二十町[11]的越過山頭的小路，還是走好走的街道時，我當然選了近路。

那是林蔭下一段落葉滑腳又急又陡的上坡路。讓人走得氣喘吁吁，我卻反而半賭氣地撐著膝頭加快腳步。轉眼間一行人已遠遠落在後頭，唯聞林中傳來的話語聲。只有舞孃一個人高高拎起裙襬，小快步地跟著我。她走在我一間[12]之後，既不縮短也不拉長這段間隔。每當

11／ 日本舊制的距離單位，一町約為一〇九公尺。二十町約為兩公里。

12／ 長度單位，約一．八二公尺。

我回頭朝她說話，她便吃驚似的停下腳步微笑答話。趁著舞孃說話時，我刻意等著要讓她追上來，可她也隨我停下，我舉步她才再跟上。來到更加蜿蜒險峻的路段，我愈發加快腳步，舞孃仍是在我一間之後一心一意地上山。山間僻靜。其他人遠遠落後，連交談聲都聽不見了。

「您家在東京哪裡？」

「不，我住學校宿舍。」

「我也去過東京，在賞花時節去跳舞——但那時候還小，什麼都不記得了。」

接著舞孃又時不時問起「您父親在嗎？」或「您去過甲府嗎？」等問題。又說了到下田要去看電影，還有那夭折的嬰兒等事。

來到山頂。舞孃將太鼓放在枯草中的歇息處，拿起手帕拭汗。她要拍掉自己腳上的塵土時，卻忽然蹲在我腳邊拍去我袴腳的塵土。我一個抽身，她的膝蓋便咕咚落地。她就這麼弓著身將我周身拍了一遍，才放下拎著的裙襬，對站在那兒大口喘氣的我說：

「請坐。」

一群小鳥朝落座處近旁飛來。四周寂靜得連小鳥停駐枝頭時枯葉的沙沙聲都聽得見。

「您爲什麼要走那麼快呢？」

舞孃似乎很熱。我手指往太鼓嘣蹦敲了幾聲，小鳥便飛走了。

「哎，好想喝水。」

「我去看看。」

但是，不久舞孃便從枯黃的雜木之間失望地回來。

「妳在大島的時候都做些什麼？」

於是舞孃沒頭沒腦說了兩、三個女人的名字，然後說起一些讓我毫無頭緒的話。聽起來是在甲府而非大島的事。那似乎是她在尋常小學校上到二年級的朋友。看來她想到什麼便直接說了。

等了約十分鐘，年輕的那三人來到山頂。老母親又晚了十分鐘才到。

下山時我和榮吉刻意落後，邊聊邊出發。走了約二町，舞孃從下面跑過來。

「這下面有泉水。媽媽請您快過來，大家都沒喝等您。」

一聽到有水我便跑下去。樹蔭下的岩石間湧出了清水。女人們圍著泉水而立。

「來，您先喝。手一伸進去只怕水會濁，也怕女人用過不乾淨。」老母親說道。

我掬起冰涼的水喝下。女人們遲遲不願離開，拿出手巾擰了水擦汗。

下了山來到下田街道，便見到幾處燒炭的煙。我在路旁的木材上坐下休息。舞孃蹲在路邊，拿著桃色的梳子便梳起了小狗身上長長的毛。

「會弄斷梳齒的。」老母親提醒她。

「沒關係。反正到下田就要買新的了。」

從湯野那時候我就打算離開時要向她討這把插在前髮上的梳子，因此認爲拿去梳狗毛大大不妥。

我看到路的對側堆著成捆細竹，說著拿來當手杖正好之類的話，與榮吉率先啟步。舞孃跑著追上來，手上拿著一根比她還高的粗竹子。

「拿這做什麼？」榮吉一問，她遲疑著將竹子伸到我面前。

「給您當手杖。我抽了最粗的一根。」

「不行啦。粗的一看就知道是偷的，讓人看見多不好。快還回去。」

舞孃又折回竹子堆，然後再跑來。這回給了我一根中指粗細的。然後，幾乎要撞上似的往田埂一倒，痛苦地喘著氣等女人們。

我和榮吉一直走在五、六間之前。

「那只要拔掉裝金牙就好，又沒什麼。」忽然間舞孃的聲音傳進我耳裡，我回頭一瞧，舞孃和千代子並肩走著，老母親和百合子又稍微落後她們。千代子似乎沒注意到我回頭，說道：

「那倒是。妳去告訴他呀！」

似乎是在說我。多半是千代子說我的齒列不好，舞孃才會提到金牙吧。聽起來是在議論我的長相，但我只覺親近，既不感到難過，甚至無意側耳傾聽。低低的話語聲持續了一陣子之後，又聽到舞孃說：

「他人眞好。」

「那倒是，似乎是個好人。」

「人眞的很好。好人眞好。」

這幾句話充溢著純眞與直爽。那是將情感好惡稚嫩地一股腦兒拋向人們眼前的聲音。讓我也能坦然感受自己的確是個好人。我豁然開朗，抬眼眺望明亮的群山。眼底微微作痛。二十歲的我一再嚴厲反省自己因孤兒心性而扭曲的個性，正因難以忍受這窒息般的憂鬱，才來伊豆旅行。因此，我對於自己在世俗的眼光下看來是個好人的說法，懷著難以言喻的感激。群山之所以明亮，是因爲我們已經接近下田的海邊。我揮起了剛才那根竹杖，掃去秋草的頂端。

途中，幾處村莊的入口豎立了告示牌。

——乞丐與流浪藝人禁入。

六

一進下田的北口，沒幾步路就到了名爲甲州屋的廉價旅社。我跟在藝人後頭上了閣樓般的二樓。沒有天花板，往面朝大街的窗邊一坐，頭便碰到屋頂。

「肩膀痛不痛？」老母親幾次關心舞孃。

「手痛不痛？」

舞孃做出打太鼓時優美的手勢。

「不痛。可以打吻，可以打吻。」

「那眞是太好了。」

我試著拎拎太鼓。

「哦，挺重的呢。」

「自然是比你以爲的重呀。比你的書包重呀。」舞孃笑道。

藝人們在旅社裡向其他客人熱鬧地互相招呼著。果然全是藝人和香具師[13]之流的人。看來下田港是這類候鳥的棲身之巢。舞孃給了跌跌撞撞跑進房裡的旅社的孩子銅板。見我要離開甲州屋，舞孃便先繞去門前爲我擺好木屐，邊自言自語般低聲說：

「要帶我去看電影喔。」

我和榮吉由一名無賴漢模樣的男人領到半路，去了一家據聞是前町長開的旅館。洗過澡，和榮吉一同吃了鮮魚做的午飯。

「拿這些去，給明天的法事供些花吧。」

我說著，包了一點錢讓榮吉帶回去。我必須搭明天一早的船回東京。因爲旅費已將告罄。我說學校有事，因此藝人們也無法強留我。

午飯後還不到三個鐘頭我便吃過晚飯，獨自過橋去下田北邊。爬上下田富士，眺望港口。回程繞到甲州屋，藝人們正在吃雞肉鍋。

「您要不要嚐嚐？雖然女人用過不太乾淨，但日後可以當作笑談呢。」老母親從行李裡取出碗筷，要百合子去洗。

明天就是嬰兒的七七，至少延一天再走——衆人又這麼勸說，但我以學校爲由推卻。老

13／（原注）香具師：於假日、祭典等人潮衆多的地方表演雜耍等技藝，或販賣粗貨爲生的人。

母親再三說：

「那麼寒假時大家一起去接您下船。請通知我們日期，我們等您。可別住旅館喲，我們會去接您的。」

屋裡只剩千代子和百合子時，我邀她們去看電影。千代子按著肚子說道：

「我身體不好，走了那麼多路更是吃不消。」她面容蒼白委頓著。百合子則是拘謹地垂著頭。舞孃在樓下和旅社的孩子玩。她一見到我便纏著母親央求讓她去看電影，而後又一臉落寞地茫然走回我身邊為我擺好木屐。

「什麼？就讓她一個人去有什麼關係？」榮吉幫忙說情，但老媽子還是不答應。為什麼一個人就不行？我百思不解。走出玄關時，見舞孃摸著小狗的頭。那生分的模樣讓我也不好開口說什麼。她似乎連抬頭看我一眼的氣力都沒了。

我獨自去看了電影。女解說員在小石油燈下讀解說。我很快便離開回到旅館。手肘靠在窗櫺上，凝望夜街良久。這是個鬱暗的街道。只覺似有細微不絕的太鼓聲自遠處傳來。眼淚沒來由地斷了線般落下。

七

離別的早晨，七點我正在吃飯時，榮吉便從路上喚我。他穿著有家紋的黑羽織[14]。看來是爲我送行而著正裝。不見女人們的身影。我驀然一陣悵然若失。榮吉上樓來房間說道：

「大家也想來送您，但昨晚睡得晚起不來，只好向您告罪。大家都說冬天等您來，請您務必要來。」

街上吹來秋日的晨風，我感到一絲寒意。榮吉在路上買了四盒敷島[15]香菸、柿子和名爲KAOL[16]的口含清涼劑給我。

「因爲我妹妹就叫做薰。」他露出微笑。又說：

「在船上吃橘子不太好，但柿子能防暈船，可以在船上吃。」

「這個給你吧。」

我脫下鴨舌帽給榮吉戴上。然後從書包裡取出學生帽，拉平縐痕，兩人都笑了。

來到碼頭旁，舞孃蹲在海邊的模樣驀然撞上我心坎。直到我們走近身邊她動也沒動，默默低著頭。臉上仍是昨夜的妝容更加搖撼著我的心。眼尾的胭脂讓這副貌似生氣的小臉透著

14／ 日本和服的外套。黑色有家紋的羽織爲男士的禮服。

15／（原注）敷島：明治三十七年至昭和十八年（一九〇四～一九四三）於市面販售的香菸。

一股生嫩的肅然之氣。榮吉問道：

「其他人也會來嗎？」

舞孃搖頭。

「大家都還在睡嗎？」

舞孃點頭。

榮吉去買船票和駁船票時，我找了許多話題同舞孃說，舞孃卻始終低頭望著運河入海處一言不發。只在我每句話音未完之際一一點頭。

這時，「婆婆，就這個人吧。」一個看似工人的男子朝我走來。

「這位學生，您是要去東京吧？想麻煩您，能不能幫忙帶這婆婆去東京？婆婆很可憐，兒子在蓮台寺的銀山做事，卻因爲這次的流行性感冒[17]，兒子和媳婦都死了。留下這三個孫子。實在沒辦法，我們商量後決定送她回家鄉。她家鄉在水戶，可婆婆什麼都不懂，到了靈岸島以後，能不能請您讓她搭到上野的電車？事情是麻煩些，但我們求您了。瞧瞧她這個樣子，您也覺得不捨吧？」

茫然呆立的婆婆背上背著一個吃奶的幼兒，兩隻手各牽著一個三歲和五歲大的女孩。髒兮兮的包袱裡露出大飯糰和梅乾。五、六名礦工正安慰著婆婆。我一口答應照料婆婆。

16／ 日文名爲カオール，與薰同音。爲日本藥廠ORIGINAL生產的一款口含清涼藥丸。ORIGINAL也與臺灣太陽製藥合作在臺灣推出，中文名爲「銀丹口味兒」。

「拜託您了。」

「多謝。本來應該要由我們送她到水戶，可實在沒辦法啊。」礦工們紛紛向我道謝。

駁船搖晃得很厲害。舞孃還是緊抿雙唇凝望著一邊。我要抓繩梯而回頭時，本想說再見，卻又作罷，只是再次朝她點點頭。駁船折返。榮吉頻頻揮舞著我剛送給他的鴨舌帽。等船行漸遠，舞孃才揮起了白色的東西。

汽船出了下田的海，伊豆半島的南端逐漸消失在後方，我倚在欄杆上全心全意望著大島。與舞孃分別彷彿已是遙遠的過去。往船艙裡探頭看婆婆怎麼樣了，只見人們圍坐在她身邊，正紛紛安慰她。我放心了，便走進鄰艙。相模灘的浪頭很高，坐著便不時左仰右倒。船員四處分發小金屬盆給乘客。我拿書包當枕頭躺下來。腦袋空空的，感覺不到時間。眼淚不止地流到書包上。臉頰變得溼冷，只好將書包翻了個面。我身旁躺著一個少年。他是河津一家工廠的少爺，爲準備升學前往東京，所以似乎對戴著一高學生帽的我頗有好感。稍加交談之後他說道：

「您是不是遭逢不幸之事？」

「不是，我剛剛才和人道別。」

我非常坦白地說了。被看見自己在哭泣也不在意。我什麼也不想。只是靜靜沉睡在清爽

17／（原注）這次的流行性感冒：即著名的西班牙流感，也稱爲大正風邪，自大正七年（一九一八）秋全球大流行，大正八年冬日本全國即一百五十萬人感染，十五萬人死亡。

的滿足之中。

我就連海面不知何時籠上一層暮色也毫無所悉，但網代和熱海已可見燈火。我又冷又餓。少年打開竹皮包裹。我好似忘了那是別人的東西般吃下了海苔飯捲。還鑽進少年的斗篷裡。我懷著美好而空虛的心情，無論別人待我多好，都能極為自然地接受。明天一早帶婆婆去上野站幫她買往水戶的車票，似乎也是極其理所當然之事。感覺眼前的一切都融為一體。

船艙裡的煤油燈熄滅了。堆在船上的生魚和海潮味變得濃烈。在漆黑中，我向少年的體溫取暖，任淚水橫流。彷彿腦海化為澄淨的水，串串滴落，其後什麼都不留那般的甜美暢快。

溫泉旅館

夏逝

一

她們如走獸般，裸著雪白的身子四處爬行。

因脂肪的圓潤而失去稜角的裸體——在昏暗的熱氣底層膝蓋著地爬動的胴體，是溼滑黏膩的獸類模樣。唯有肩頭的肉猶如農活兒般悍勇地動著。而黑髮的顏色形成的人味——猶如一滴高貴的悲哀，多麼鮮明。

阿瀧將棕刷一丟，像跳馬般躍過高高的窗戶，突然跨蹲在水溝上，讓水流聲嘩啦作響，一邊說道：

「秋天了呢。」

「眞的起了秋風啊。入秋的避暑地，寂寥得就像船已出海的港口……」浴場裡阿雪嬌滴滴地學著都會女子的口吻，還是有情人的都會女子。

「人小鬼大呢，小不點！」阿芳拿棕刷往她的腰一打。

「東京人才會八月初就嚷著秋天、秋天的。以爲山裡整年都吹著秋風。」

「我呀，阿芳姊，倘若我是那位小姐，會說得更好。好比說，就像個盼不到好姻緣的女人。」

「不勞妳費心。別看我這樣，我可是堂堂嫁了三次的人。在妳們這個年紀，我早就有了當家的呢。」

「那麼，不然這樣好了——入秋的避暑地，寂寥得就像三結三離的女人，如何？」阿雪邊說邊往河灘跑。

阿瀧挺直了腰，仍跨在小水溝上，望著都會人所謂的「秋天」。然而——只見故里的山脈在月光下浮現。她即使去了鎮上，也從未想起溫泉村這山澗的水聲。月光穿透橡樹葉，將她五個月不曾遊玩的結實腹部染出斑馬似的紋路。

阿芳朝窗戶探頭：

「阿瀧，妳老毛病又犯了，這可是洗餐具的河呀。」

「餐具是什麼鬼啦。」

「下面還有香魚的水槽，也會洗米呀。」

「反正都會沖掉的。」

「妳這馬女。」

但阿瀧頭也不回地問：

「阿雪會游泳嗎？」她拉住小姑娘的手腕，過了河灘的橋，看阿雪因裸體的羞赧縮著肚子，便猛力推她的頭。

「喂！」

「腳很痛啦。沒穿鞋呀。」

浴場裡——當然正說著她們倆的壞話。兩人都有一頭又粗又茂密、惹人注目的青絲。那春水蕩漾般潤澤的烏黑，讓其他女人平日便感覺到她們與生俱來的情色味兒。況且，兩人整個夏天都睡同一床鋪蓋。再加上，今晚分了八月的小費。

「她們鐵定沒將拿到的小費如實交給帳房。眼下兩人正出去悄悄說這樣真痛快吧。」

「而且還對平分不服氣……」

然而實際上，對於所謂「平均分配」的正義，她們七人個個心裡都有所不滿。就連自承收到小費最少的農家女阿時——對，就為了這個弱點，還特地從浴槽裡抬起頭來說：

「她們的出身不一樣啦。一個當過肉鋪的女侍，一個在藝伎屋裡帶小孩——不守規矩是肯定的嘛。」

阿瀧像抱一捆蔬菜般抱起阿雪，踩著橋另一邊的飛石過河。旅館架了橋通往山澗中的島，在上面蓋了涼亭，作爲庭院。水塘四周月光粼粼，好似成群溺了水的銀色候鳥。岩石的瑩白——與對岸杉林的秋蟲聲融爲一體，朝她們一絲不掛的赤裸逼近。

浴槽似乎打掃好了，傳來水桶放在水泥上的聲響。阿瀧在涼亭的柱子旁找到煙火。阿雪從百日紅枝頭拿下客人的泳衣，腳伸進褲管。

「妳瞧，這麼長——都到膝蓋了呢。」

「那是男人穿的啦。」

剩下的女人們也穿著睡衣渡橋而來——若在平常，她們早已倒頭大睡。但今晚，連每晚兩人輪流清洗浴場的工作都是七人一起。手裡有了錢的她們，像欲望高漲的慶典前夜般——嘲笑穿著鬆垮垮的泳衣、梳著桃割髮[1]的阿雪，想起夏日男客的種種承諾，感到強烈飢渴，狠狠數落客人的不是，這時阿瀧說道：

「阿時和阿谷是做到明天吧。我放個煙火給妳們送別。」

1／（原注）桃割髮：十六、七歲女孩梳的日本傳統髮型之一。將頭髮分成左右兩邊繞成環，固定在後腦上方，像是將桃子切半的形狀。

煙火受了潮。

「阿雪。秋天啊，就像受了潮的煙火。」說著，第二次又粗手大腳地擦了十五、六根火柴，火球在爆炸聲中穿過葉櫻的樹梢。

眾人齊聲喊著抬起頭來，而她們看到的是——一個身上只有浴衣的男人掛在晾衣臺上。旅館蓋在山澗岸邊的斜坡上。正面玄關呈水平，但後方的晾衣臺是跳起來才搆得到的高度。掛在那裡的男人好不容易將凌空的腳勾住圓木柱，笨拙地使勁爬上去。

「哎呀，是鶴屋先生。」

「那個人的毛病嚴重到那種地步，實在很誇張。」

她們高聲笑著，阿芳噓了一聲，打手勢要她們噤聲。

「走廊的門上了鎖，他才會繞到後面。」

男人發了瘋似的扯著擋雨窗，終於雙手一舉拆下後，便連人帶窗栽進女侍房裡。窗內一片黑暗，阿芳突然轉頭朝著橋奔去。大家也匆匆離開。阿瀧對正在脫泳衣的阿雪說：

「別管她們。她們擔心的是錢包。」一把抱住對方的肩倒下。

「還有煙火喔。」

上游暗娼寮[2]的兩個女人，搖搖晃晃地跳過岩石，來偷泡旅館的溫泉。後面還跟著幾

2／（原注）：曖昧宿（日文）：可疑的旅店。大多指養了妓女的旅店。

個男人。阿瀧放下腿上的阿雪站起來。

「混帳東西，我要給那女的好看。」

二

阿瀧家的院子是波斯菊田——但那片花田圍起竹籬，養著雞。長長的花莖東倒西歪，沾滿泥土。屋子是位在村裡墓山往山谷而下的梯田裡的獨棟屋，所以日照與通風俱足。自屋後覆在稻草屋頂上的竹林，總像小沙丁魚群游過般搖曳，但阿瀧和她母親從沒聽過竹葉的摩擦聲。

阿瀧自十三、四歲起，便會騎裸馬[3]出門。背著滿滿一籮筐葉子綠油油的山葵，從山裡騎乘裸馬馳來的她，是一陣綠色的晨風。

自十五、六歲起，她會在正月和夏季兩個月間，旅館女侍人手不足時來幫忙。當她在浴場裡光著身子，泡在溫泉裡的男客會倏然停下話頭。美麗修長的手腳讓她顯得芳華正盛，她

3／背上未裝備馬鞍的馬。

是純白的鐵。

阿瀧的肚子和她母親的肚子，呈現出這兩個女人的種種不同——當母親邋遢地袒露肚皮酣睡時，女兒當著那脂肪橫溢又鬆又垮的肚子，本是靜靜地坐著瞧，卻突然將蓄在嘴裡的口水呸地一吐，倒頭大睡。父親拋棄她們母女之後，母親的肚子便驀然出現在阿瀧眼前。

她父親和小老婆就住在同村的主街上。在路上遇見，父親問道：

「妳媽怎麼樣？」

「睡得可好了。」她說完便錯身就走。

十六歲的阿瀧，片刻不休地奴役母親和馬種田。引水入田、準備插秧前，母親讓馬拖著橫木上齒梳稀落的耙子犁田。阿瀧本在田埂上看著，冷不防撲通跳進水田裡，照著母親的臉頰便打：

「笨蛋！耙子都懸空了！耙子！」

母親就這麼握著耙柄，蹣跚啟步。阿瀧一肘子撞開她，搶過耙子。

「給我看仔細了！」

母親單膝跪在泥田裡仰望女兒，一邊對鄰田裡的人們說：

「我現在這個當家的才可怕著呢。上一個還比較溫柔。」說著像小姑娘般紅了臉。

夜裡，阿瀧背對著母親睡。母親則面朝她的背睡。

女兒騎在裸馬上，母親荷著犁鋤跟在後頭顛顛地跑回家。洗衣煮飯也是母親的工作。母親愈是受女兒使喚，便無暇憶及丈夫。而一顆心也愈發怦怦亂跳。想著丈夫發愣時，便會挨女兒打。要是因此而哭喪著臉，女兒便會離家出走。

「等等呀，阿瀧！那樣的破草鞋太難看了！」母親會追上來拉住她。

於是，母親勤奮工作。隨著母親的眼睛變得像貓一般柔和，女兒的眼珠則是變得像漆黑的豉豆蟲般，閃亮靈動。

當阿瀧穿上和服來到旅館的宴席，身材已高大得足以按住客人的胸口，但那雙俏生生水汪汪的眼睛，總教客人驚豔。

十六歲那年的年底，在旅館。正當阿瀧獨自刷洗浴槽，暗娼寮的女人帶著三個喝醉的客人從後面進來。

「阿瀧？——借泡一下喔。咦，空了呢。」

「那邊有熱的。」阿瀧握著棕刷，在浴場一角緊繃起來。

浴場是地下的石室。以板子將大浴槽隔成三區。自第一區溢出來的熱水會流入第二區。

因此，熱水的熱度會依序遞減。

暗娼寮的女人在熱水裡嘩啦啦洗去難聞的脂粉，兩人一邊大聲聊起阿瀧的身體。但男人們懾於處女的裸體太過水嫩美麗，一時靜默不語。女人們以露骨的言語爭論阿瀧的身體是否已是成熟的女人。阿瀧感覺到自己的身子在咀嚼著那些話的男人視線中，變得赤裸裸的。女人立起膝蓋坐在男人身後，爲他們洗背。其中一個女人說道：

「阿瀧，妳來給另一位客人刷背好嗎？」

阿瀧感到嚇下硬物般起身走過去，在男人身後跪下。他們似乎是山那邊銀山的礦工工頭。撫摸著那猶如礦石的健碩肩膀，阿瀧的手不禁顫抖。她緊緊併攏膝蓋，但後頸爬過一陣惡寒。她趕緊泡進熱水裡。

那兩個女人——懷著娼婦看輕良家婦女那般壞心眼的驕傲，頻頻對阿瀧投以惡毒的言語。阿瀧一雙眼怒目圓睜，精光四射。

其中一個男人穿上寬袖棉袍，一邊輕拍阿瀧的肩。

「姑娘，要玩玩嗎？」

「嗯。」她的話聲才落，就被那肩膀用力抱過去。

在烏雲密布、雪花欲落的夜空下，加上河灘寒風大作。身上僅著一件法蘭絨睡衣的阿瀧，剛泡過溫泉的赤足一腳一腳黏在凍人的石頭上。每當大腿因腳底傳來的刺寒而緊縮僵硬時，她便激動大喊：

「混帳！混帳！」對岸杉山的雪，似霧般飄落。

初時——阿瀧雙手掩著臉，但不久便將右手大拇指伸進嘴裡狠狠咬住。起身時一看，齒痕的傷口流著血。

她迅速將右手藏進懷裡，搖搖晃晃地站起來，想喀啦一聲猛然打開與鄰間相隔的紙門——她曉得三個女人和客人在門後屏息觀望。——但她的手只是搭在門上，又在心中反覆大罵：

「混帳！混帳！」她看也不看剛才那男人，便從暗娼寮的後門走向谷邊小路。走不到一町，便聽到兩個男人沒命地往她追來的腳步聲。後面傳來女人們尖利的罵聲。——她贏了。阿瀧像倒下似的趴在河岸邊，大口吞著冰冷的河水。赤腳飛奔而來的男人們呼出白煙，她只瞄了一眼，又垂首喝水。

當晚她回到家，便以那粗暴男人的方式，激烈地抱了母親後入睡。

過了三、四個月，已經春天了，某一晚阿瀧從她個子兩倍有餘的崖上跳下大街，扭傷了腳踝。進了鎮上的醫院第二天便流產了。十天後回到村裡一看，父親就在家裡。她一腳踢倒母親，和父親揪在一起大打出手。

「這麼髒、女兒不在就這麼髒、這麼髒的家，誰還要待！」當天便搭公共汽車又回到鎮上，成了肉鋪的女侍。

這個夏天，阿瀧在肉鋪清閒的七月底回到村裡，在旅館幫忙。又因兩年前發生過那樣的事，阿瀧此刻怒火中燒，想狠狠嘲笑暗娼寮的女人一番。

三

爲了散去熱氣，浴場的後門和窗戶，不分冬夏都徹夜敞開。暗娼寮的女人帶著客人，沿河谷溜進溫泉旅館內的浴場是常有的事——兩年前的冬天是這樣，現在也是。然而對阿瀧而言，其間差異之大，相當於冬天的赤裸與夏天的赤裸。

「怎麼，妳還拿著潮掉的煙火啊？」阿瀧邊過木板橋邊對阿雪說。

「我們一起進去，挫挫她們的銳氣。——那種女人，和阿雪比根本雲泥之別。眞的，阿雪。只要讓男人們瞧瞧阿雪這張漂亮的臉蛋，那些女人可就要哭喪著臉了。」

「不好妨礙她們做生意的。」

「喲，不愧是藝伎屋的女侍。男人的泳衣和這難道有所不同？算了，我一個人就夠了。妳先回去睡？」

「鶴屋先生在房裡。」

鶴屋是這一帶日用雜貨的盤商，每個月中和月底會來收兩次帳。長了一顆毛栗頭，從臉頰到下巴一片毛栗般的鬍渣，還有毛栗色的膚色和圓滾滾的毛栗身材。一喝醉，便拿起筷子發了瘋似的敲打碗盤大鬧，再睡上兩、三個鐘頭。一覺醒來毫無例外、即便得費盡千辛萬苦——爬上晾衣臺就是一個例子——非要闖進女侍房否則睡不著。正如「闖」這個字所言，這毛病已然明目張膽，近乎是這位先生十年不變、每月兩次的討彩頭儀式了。

但是，阿雪還是個神經生嫩的姑娘。儘管阿瀧這麼說：

「那種醉鬼，一下就睡翻了。」

「沒關係。我在河的溫泉那裡等。」

河谷岸邊，有個爐灶房般簡單的白木浴場，她們都叫那裡「河的溫泉」。

阿瀧從後門輕快地跑下石階，突然一句：

「待在河邊，身子都涼了。」便嘩啦一聲跳進熱水裡。暗娼寮的女人們一邊閃避水花一邊說：

「妳好。」

「妳好。」

阿瀧身子一沉進熱水，熱水便隨著水聲溢出。

「來借泡一下溫泉喔。」

「是嗎。——還以爲是我們的客人。」

兩個客人都是學生模樣。阿瀧在那兩人面前大膽地站起時，他們感到彷彿一陣熱風壓制般，便從熱水裡爬出來，坐在浴槽邊上，低垂著頭。

「本來應該是要打聲招呼再借的，但以爲妳們已經休息了。」

「無所謂。——我也想向阿咲姑娘借個東西。」

正在向阿瀧解釋的是淸子，她的綽號是小黃瓜——像小黃瓜一樣瘦，背微駝，臉色泛青，常臥病躺著——喜歡孩子。她唯一的樂趣，便是幫鄰居照顧嬰兒，帶三、四個幼童去公共澡堂幫他們洗澡，逗弄這些孩子。而與村子的約定——暗娼寮的女人不接當地男客——只有阿清一人嚴格遵守。她當然是四處流浪的外地人，卻在這個村子弄壞了身子，想著要死在這裡。她所疼愛的孩子們在靈柩後排成長長一列爲她送葬——每次臥床不起時，她都會將這個幻想在腦中描繪一番。

所以，即使是阿瀧，只要見到阿清，也會立刻被一縷冬日暖陽般的阿清感染，聊上一句體己話。

但是，另一個女人，卻看也不看阿瀧。

那女人只說了句「妳好」，便像睡著了似的默不作聲。睫毛濃濃的影子掩去了她的眼睛，桃割髮像抹上大量髮油似的頹然倒向一邊。膚色白皙的臉孔顯得扁平，正在憨然傻睡——在那傻睡之上，線條分明而噘起的嘴脣與一雙長睫毛，彷彿別有生命般鮮明浮現。眉毛則任憑胎毛凌亂叢生。耳朵、頸項、手指，身上無論哪一處，只消看上一眼便想咬上一口——那柔軟的感覺，讓阿瀧立刻想到，這一定就是阿咲。

阿咲——這村子裡十來個酒家女中，據說唯獨她別具風情，數度被派出所的警察勒命離村。連村會議員的兒子等子弟都常去找她。她是天生的酒家女——因爲她比妓女更像妓女。

即使阿瀧毫不客氣地猛打量，阿咲仍一臉溫存後餘意纏綿的神情，從熱水裡露出身子，坐在浴槽邊。如純白蛞蝓般溼潤的肌膚——渾若無骨、完美無瑕的柔軟圓潤。一身好似蝸牛這類動物般伸縮自如的脂肪，是爬行的走獸。真想在那雪白的肚腹踩上幾腳——一股男人般的情欲驀然襲向阿瀧，她猛地朝阿咲的腿上一伸手。

「借一下手巾。」

阿咲像蛞蝓般將身子一縮，想以胸部掩住下腹——但失去手巾遮蔽之處，已露出那白皙肌膚上一片細小傷疤。

那且不說，此刻阿咲的耳朵變得透明般鮮紅，那紅暈漸漸從乳房渲染到腹部。阿瀧以熊熊的嫉妒與無比的快感打量這美麗得不屬於人類的血色。

「手巾也不能隨便借呢。上面好像會有毒。」

過不久，阿瀧邊朝河灘的溫泉探頭邊問：

「阿雪，有兩個乾淨乖巧的學生——要不要去瀑布那邊玩？」

只見阿雪將雙臂在浴槽邊的水泥上圈成一個圓，露出熱水的臉頰貼在手臂上。

「哦，睡著了啊。也對，妳呢——是該好好珍惜。」

阿瀧回到旅館時，樹幹、河灘那些自然的白，正隨著黎明的白浮現。阿雪還睡在河岸的浴槽裡。她的兩隻手臂仍舊圈成一個圓，彷彿牢牢抱著她的貞操道德——

四

阿雪將《修身教科書》[4]的殼，如小雞屁股上的蛋殼般可愛地——也如蛇蛻下的皮般可憎地，黏在她身上某處。

不愧曾在鄰近都會的靠海溫泉鄉的藝伎屋做過事，同樣是桃割髮型，阿雪的後頸髮際就是分外出色豔麗。她是個集雛妓的早熟與海濱少女的健康於一身的小姑娘。臉頰像蘋果般紅通通的，眼睛圓滾滾的，雙眼皮線條分明，活潑靈動。山村裡難得一見——她讓每個人都對這句老話感到新鮮。

所以在那溫泉旅館裡，各路男人既非正經亦非作戲般地向她求愛。她也既非正經也非作戲般地巧妙推託。而且，她不像她們其他人一樣，總拿這類事情出來吹噓。但是——當某位學生說溜了嘴：

4／「修身」爲二戰前日本小學的科目之一。相當於戰後的道德教育。

「小雪才這麼點年紀，卻很早熟呢。」她會立時變臉：「別瞧不起人了，一個讀書人卻如此狂妄自大。——只因別人待過藝伎屋就說這種話。」然後將托盤一扔，轉頭就走。那學生留宿一個月之久，她硬是一句話都不同他說。

但是，好比輪到她與阿芳兩人打掃浴場時，她會故意打盹。被阿芳拿棕刷敲醒後就說：「妳看起來有三張臉呢。喏，我可不可以先去睡了？我會幫妳溫被的。」

就這樣，阿雪被她們所有人像娼妓般疼愛，一臉坦然開朗。

「哎呀，好漂亮的圍裙。」有時女客見到阿雪時會感到驚豔。

那是阿雪將各色小碎布——不知何時或從何處蒐集而來的——拼成一個三角形縫合起來，做成的一件美麗圍裙。

她頭一次來到這家旅館時，正值夏末旅館縫製新厚棉袍之際。做這二十件厚棉袍的期間，阿雪也做出了一件同花色的男童夾衣。是以碎布拼湊而成的，說要給弟弟。

旅館的老闆娘語帶驚嘆地誇獎。老闆聽了卻說：

「這姑娘可大意不得。要當心她。」

阿雪還會撿拾客人的紙捲菸菸蒂，摘去菸頭收起來。蒐集到一定的量，便在報紙上將菸草撥散，寄給漁港小鎮的爺爺。

紙捲菸的菸蒂——多年來都是旅館的婆婆親手從菸草盆和有座炭鑵蒐集而來。同樣是將紙捲菸一一摘掉吸口，裝在大紙盒裡，村裡的老人家過來時，婆婆便拿出來款客。老人家們拿菸管抽起菸草，聊上大半天才走。還有老人家專爲這些菸蒂而來。

但是，旅館的婆婆這多年來的消遣，因爲阿雪說停就停了。

阿雪的母親——漁港小鎮酒家女出身的繼母，每五、六天就會帶著阿雪的弟弟，化著一臉濃妝來旅館。賣力討好旅館的人，然後偷偷向阿雪討零花錢。

阿雪的父親離鄉出來當按日計酬的腳夫。在鄰村一戶農家的倉房鋪了塊老舊榻榻米住在那裡。爺爺孤身留在故鄉的漁港小鎮——位於靠海的溫泉小鎮通往另一個溫泉小鎮這條公共汽車路線的中段——等著孫女寄來的菸草和醃山葵。

公共汽車繞過略高的海岬，眼前驟然映入一片溫暖的顏色——沿著海岸的山茶樹林盛開，滿山橘子已成熟變色，道路穿越其間朝海口筆直而下。港口有三、四十艘漁船整整齊齊地拉到岸上。樹木間隙透出的淨是大片瓦片屋頂與土倉的白牆。街景之豐美——令人難以相信竟住著如阿雪這般貧困的人家。而此地還是免鄉鎮稅的模範村落。

在這鎮上，阿雪的母親生她弟弟時發高燒，雖暫且保住一命卻發了瘋。白天父親和爺爺都出門工作，阿雪便趁母親發作的空檔，悄悄將嬰兒抱過去湊近母親的乳房。早上出門前，父親會綁住母親的手腳才動身，但阿雪隨後會解開那些草繩。產後四十天母親就死了。

當時阿雪十歲，尋常小學三年級。她天天背著嬰兒上學。父親他們吃的穿的全靠她打點。撿一隻野狗來養，是她唯一的奢侈。狗──忠實地跟在半夜走路去討奶的少女身後。

「我不要和帶小孩的坐在一起！」阿雪鄰座的孩子這樣說，在教室裡哭了起來。每當背上的嬰兒啼哭，阿雪就要離開教室。下課的十分鐘也忙著換尿布或向人討奶。

儘管如此，她仍以第一名的成績升上四年級，震驚全校。在升級典禮上，她仍是背著嬰兒，走到校長面前領獎。孩子們的家長見到這場面都哭了。校長請縣長表揚的傳聞也傳進阿雪耳中。但是，其他的孩子──沒有誰會比孩子們更惡意踐踏一個孩子的弱點。阿雪從四年級的暑假之後便不再去學校。

總之，阿雪一手將嬰兒養到三歲。繼母來了。但是，洗衣煮飯照樣是阿雪的工作。在田裡除草時，繼母會抓住背著孩子的阿雪的頭髮，在泥田裡拖行──同樣的事每天都在左鄰右舍眼前上演。

「這個、這個、這個，還有這個──全是那時候留下來的疤痕。」阿雪會在溫泉旅館的熱水裡，指著自己的手臂和胸口展示。——那模樣猶如在男人面前袒露自己的裸體，極盡誘惑的技巧，只不過此刻泛起的是調情的微笑。

那時溫泉小鎮的伯母見她實在太可憐，便將她接了過來。當縣廳的表揚通知在小學校長三催四請下終於送達時，阿雪人在鎮上的藝伎屋。父親則去山裡賺錢了。

伯母家樓下賣假花，二樓是藝伎屋。

「說是藝伎屋，可我只是做做假花、帶孩子罷了。」她在溫泉旅館的說詞，是極具她《修身教科書》特色的謊言。她在那兒會隨藝伎出門，幫忙拿三味線和替換衣物——是藝伎見習。

爲此，縣廳取消了表揚，但她的臉頰卻漸漸有了顏色，圓圓的眼珠子也靜不下來，動不動便小跑步著飛奔過去，一張小嘴吱吱喳喳——頸項肌膚浮上了白嫩柔潤的情欲。體內燃起溫熱的火。

然而，當她察覺似乎要被迫接客的動靜，便立刻離開了伯母家——或許是因爲她忘不了「表揚的傳聞」。

一來到父親外出賺錢的地方，繼母便像換了個人，將阿雪捧得高高的。

「不管到哪裡，我都能養活自己。誰還要待在那不痛快的家裡。」

這是阿雪在藝伎屋扎扎實實培養出來的自信——儘管她沒有自覺，但就連正面迎上繼母的一個眼神，也無不自信洋溢。繼母撞上了這自信退了一步。阿雪懷著擁有新武器之人的大膽無畏，輕蔑起人生。就她們這些出身的人而言，這是邁向娼妓的第一步。

然而，小姑娘對「人生的輕蔑」，終究無異與「麻雀變鳳凰[5]」的夢想。在這世間力爭上游，自認爲得天獨厚的驕傲讓她愈發自作聰明、愈發輕佻。

於是，阿瀧望著睡在河邊溫泉的阿雪對她說「也對，妳呢——是該好好珍惜」的那個東西，她給訂了一個愉快的賣價，十分珍惜。這「賣價」與「修身教科書」合而爲一的危險，是她令人又愛又恨的魅力。

繼母來到溫泉後的奉承，阿雪也答以巧妙的奉承——見繼母進了溫泉，她便躡足在後頭窺看，然後說：

「老闆娘，那女人說的話不能信。我看我弟弟還是照樣挨打，身上有五、六條紫色的傷痕呢。」

男客的甜言蜜語，在十六歲的阿雪看來正是這紫色的傷痕。

5／（原注）麻雀變鳳凰（原文爲「玉の輿」）：身分低的女子靠著結婚一躍成爲富貴之人。

五

二百十日[6]，天氣晴朗得連燒炭的煙都看得見。飛來了滿河谷的紅蜻蜓。

然而，二百十三日的暴風雨，電燈才開便熄了。她們趁著天色還亮關上擋雨窗，躺在女侍房裡時，掌櫃披著一身蓑衣拿蠟燭來了。阿瀧接過蠟燭，對從擋雨窗的洞向外看的阿時說：

「阿時，用不著一直看，妳也很清楚下這大雨妳是回不去的。快拿蠟燭去二十六號房吧。」

於是她們一起拍手。阿時一口吹掉遞給她的燭火，就地坐下。

這群女侍原本有七人，從九月二日起剩下四人。因為只幫忙夏季的女孩們回去了。近視眼的高子是旅館老闆的姪女，正準備在女校畢業後進入助產士學校。能幹的阿谷打從十四歲到十七歲都在這家旅館當女侍，住得很近，所以旅館一忙總是馬上喊她來幫忙，她很清楚旅館的情形，很得婆婆喜愛，而且靠著在旅館賺的錢已經備好了一套嫁妝。再來便是農家女阿時——阿時今早來玩，卻遇上了暴風雨。

6／ 立春數來的第二百一十天，通常落在九月一日前後。

大顆石子滾動時的撞擊聲，在她們的枕畔作響。大半夜裡女侍房的木板門唧唧打開，阿時出去了。走廊上傳來擦火柴的聲音。阿雪爆發般大喊：

「哇啊！萬歲！」隨即從阿芳肚子上滾過去，抱住牆邊的阿絹。

「好癢，小不點。——妳們大家都在裝佯嗎？眞壞。」

「是有先見之明。是我讓阿時睡在門旁的。」阿芳這麼說，阿雪便搖搖她立起的膝蓋，笑著說：

「誰教她那麼純情，太可憐了。」

「人家是當地人，阿雪，妳可別亂說，會害人家嫁不出去的。」阿絹說得一本正經，阿瀧卻老大不客氣地說：

「有什麼關係，又不會妨礙她下田。光憑她不像妳那樣收錢，就比妳好多了。」

「我——我、我什麼時候收錢了？」阿絹說著在黑暗中爬過來，抓住阿瀧。阿瀧使勁將她雙手一扭。

「哼。難不成，妳是愛上那個人了嗎？」說完將她推倒。

「那種像熱過的酒又冷掉似的迷戀，我看妳還是算了吧。」

阿絹曾經在東京花街的梳頭師傅那兒做事。我想將在旅館賺的錢存下來，再回花街向梳頭師傅拜師——她老將這話掛在嘴上。頭髮也梳成藝伎的樣子。一有客人認出來，便喜孜孜地吹噓。她膚色深，個頭小，只要見到宴席出現都會氣息的年輕男客，就想搶別人的班去服侍。

這個夏天，無論帳房怎麼罵、別人怎麼取笑，她還是老往一個留宿半個月的神經衰弱的學生房裡跑。

這個阿絹，還有阿時——這群女侍和客人之間的韻事，在每日旅客盈門的整個夏季也就這兩起。她們兩人長得算不上美貌，卻反而發生在她們身上。

阿時的對象，是個畫紙門的流浪畫師，從一間旅館畫過一間旅館。阿時是個雙眼深陷、天性駑頓的農家女，但在浴場裡，雪白的肌膚美得判若兩人。

暴風雨的翌晨，晾衣臺上滿是翠綠的落葉。河邊溫泉的浴槽裡積著泥沙。紅土泥水自岩石上蜿蜒流過的河岸邊，一群孩子並排著，個個拿著撈網，撈捕那些被湍急水流沖暈的小魚。一對流浪藝人母子在一旁看熱鬧。

架在岩石與岩石之間的木板橋，上頭的木板一塊不剩都掉入了河裡。但木板邊緣鑽了洞，並以鐵絲串起繫在岸上，所以木板都漂回岸邊。

河水退了之後，仍不見釣香魚的人。她們聚在測量技師的房間裡玩。流浪畫師則待在無人的客房畫起紙門。

這冷清的季節——村裡熱鬧吵嚷起來，傳出人們高聲交談著。

在村裡最好的一家溫泉旅館當女侍的女孩們，說好了一起請假。村民們則聚集在阿瀧等人所在的村裡第二好的溫泉旅館，如數家珍地說起村裡最好的溫泉旅館老闆的往日軼聞。

「那傢伙不就將人家礦山技師採來的礦石中，裡頭含有很多金子的暗中掉包，最後還被告了，不是嗎？」

「對對對，你們可知道那次法院是怎麼判的？居然是技師被開除，那傢伙平白賺了好幾萬。」

「那種騙人的勾當他不知幹過多少回。——喏，上次獵鹿，不少大官和高級將領不就住他那兒嗎？當時老頭請那些人題字，加上他字寫得好，便臨摹了十幾二十張去賣。只要說是客人住宿時請他們寫的，人人都會信。聽說他的身家就是這樣賺來的。不然像我們這種山裡的溫泉旅館，老老實實地幹，不可能那麼快就發家致富。——這邊旅館的東家就是最好的證明。」

然後，村人們乘著酒興說道：

「堵死他那裡的溫泉吧！」

「這就闖進去，將老頭活埋在河灘上！」

事情是這樣的，這河谷旁的小路要拓寬爲行車道路。受益最大的便是溫泉旅館。然而，村裡最好的溫泉旅館卻一口拒絕捐出應分攤的修路費。

十名警官住進了那家旅館，每天拉大弓。沒等他們拉膩，村子就安靜了。

阿瀧正關上幽暗走廊的擋雨窗，卻「呀！」驚叫一聲跳起來。原來是踩到一大片青桐葉。

不知怎地，她似乎不打算回鎮上的肉鋪。

老闆娘挺著七個月大的肚子，吃力地打掃廁所——唯有這件事不假女侍之手——那模樣，沒來由地顯得淒清。

一個賭徒樣的男人在旅館住了下來，天天去監督上游一座空屋的修繕。

一隊朝鮮土木工人搬過來。

「聽我說、聽我說，她們將大鍋小鍋全帶著走呢！」阿絹喊著往女侍房跑來。

穿著皺巴巴的白襖裙與布鞋的朝鮮女子，背著裝有家用什器的大包袱，弓身走著。

下游響起爆炸聲。

上游那老舊的空屋，成了一家漂亮的妓院。而最讓她們吃驚的是——阿絹居然去了那裡。儘管她們每個人都曾被那賭徒樣的男人幾次三番遊說——想起男人當時開出的誘人價碼，她們便咒罵起難聽的話痛斥阿絹。

深秋

一

夏天的客人遺忘的扇子有十四、五把——都撿到她們的房間裡。

阿雪雙手拿著那些男扇的其中兩把，唰的一聲張開，就像藝伎跳舞那般，煞有介事地抿著嘴跳起舞來。

「難道不是嗎？要是沒來這裡，阿雪肯定已經當藝伎了吧。」倉吉倚著仿古的漆斗櫃，抱著立起的膝頭。

「那樣的話，像我這種人就看不到阿雪跳舞了。」

「我才不會當什麼藝伎呢。我只是個帶孩子的。」阿雪像唱歌般說道。連倉吉也緊盯著阿雪的手勢，一下一下拍著裸露的大腿打起拍子。於是這回換她配合著他隨興打的拍子跳舞。她的小腿處發熱，裙襬終究是亂了。搖搖晃晃地想轉身，卻跌坐在疊成堆的坐墊上，身體歪倒靠著斗櫃。

「哎，要不要直接來段法界節[1]呢，倉哥？」

「還法界節呢，妳……」

「說說罷了……」阿雪將右手的扇子擲向倉吉肩上。

「我呢，就是不想當藝伎，才逃出來的呀。」

所以，才不會理會你這種居無定所的男人呢——雖有這番言外之意，但她的圓眼在輕侮別人時也媚態橫陳，阿雪又拿起扇子跳起舞來。倉吉露出微笑，拿起丟在他身上的扇子拍打大腿。他那腿就像肥胖的四十歲女人般，肉白生生地隆起。再加上厚唇和通紅的臉頰。穿起印半纏雖不好看，但那身肉隱隱教人感到野獸般的力量。

從三、四年前起，每逢夏天和冬天，溫泉鄉繁忙的季節，倉吉便會不知從哪兒飄然回來這家旅館。回來——這麼說是因爲他總會在旅館最擁擠混亂的時期現身，因爲人手不足，便忍不住要他去廚房幫忙，或是託他接送客人，然後他就會這樣待下來。所以，每當時節到了，「今年倉哥應該也快來了。」旅館的人們甚至會想起他來。

同樣是那繁忙的夏天，旅館一個叫加代的親戚姑娘來幫忙。從秋日的第一天起，空房就變多了。倉吉每晚都和加代去關擋雨窗。兩人還會在半夜去河邊溫泉。

1／ 十九世紀末日本的流行歌曲。據傳起於長崎的花街，後流行至日本全國。

於是他被旅館趕走了，但到了正月照樣若無其事回來，照樣有人不小心便吩咐他做事。然而今年春天，三個月沒消息的他從鎮上的壽司鋪捎了信來。像報告天氣預報似的，將他被那裡的女人染了病的情狀，寫給十六歲的小姑娘阿雪。

夏天又回到她們的旅館，整個秋天老跟在阿雪後頭。——和她一起去關擋雨窗，幫忙洗浴場，幫忙收客人的鋪蓋，在她跳起藝伎屋看來的舞蹈時當觀眾。

但是，阿瀧闖進了這場舞蹈，

「喂，阿雪，小心腳下，別跳破榻榻米了。那榻榻米有點壞了。」

「誰教倉哥想吸灰塵呢！說想品味一下都會的氣氛。」

「對了、對了，之前有個裝模作樣的學生，喚人去打掃房間，卻死盯著人看，要他閃開，他卻說偶爾有點灰塵也不錯。還說山裡的空氣太乾淨，這樣才能體會都會的氣氛。這時阿雪一路擦著走廊過來，這個壞姑娘說得好啊！她說，那麼，這水桶裡的髒水是什麼氣氛？——我說呢，倉吉，瞧你神情愉快地看著阿雪，又是在品味什麼氣氛？」

「這人還當這是在奉承呢。眞可笑。」阿雪又將剩下那把扇子往倉吉腿上扔。

「他打從上次就一直問『阿雪會跳舞吧』，說了十五遍有吧。」

「我說阿雪，女人的頭一次遇到這種男人，是一輩子的恥辱。讓他排第十五個還差不多。」

倉吉依舊白生生地笑著站起來。

「喂，老闆娘交代要打掃晾衣臺。」

「晾衣臺？」阿雪打開格子門一看。

「哎呀、哎呀，好多葉子。」

晾衣臺上，整面都是泛黃——其實更偏青綠——的落葉。昨夜也是秋風肆虐。

晾衣臺就在她們房間的窗外。

她們房裡的大斗櫃——黑漆上有桐葉家紋，鐵製茶壺柄似的拉環已經生了紅鏽——是以前的農家家具，而且是用來收放乾淨的衣物。現在則收納著客用浴衣和被單。五坪大的房間裡，每個角落都堆疊著客用寢具和坐墊。她們的包袱和碎布、空盒一起胡亂塞在壁櫃裡。損壞的鏡臺、空肥皂盒、舊三味線、破雨傘——斗櫃上和釘在牆面的架子上堆滿東西，卻也不知是誰的。此時要縫製冬天的厚棉袍了，剪刀在散落著碎線和牛奶糖包裝紙的老榻榻米上閃著光芒。

掃完落葉，她們從晾衣臺跳進房間，只見廚師吾八正盤腿而坐，右手一張張翻開左手的花牌。

「你還有空看那種東西。很忙的。」阿瀧坐下來拿起縫衣針。

「不是。我不幹了。」

「終於要開店了？」

「不是。——是啦，說搞砸我也真是搞砸了。」

「搞砸——那就是被趕出去嘍？」

「也不是，但我也早厭倦了。——其實不說也罷，但就是這個。」

吾八從圍裙裡掏出一樣東西扔過來，阿瀧撿起來。

「什麼嘛，不就柴魚尾巴嗎？」

「就是——今天早上我打開行李一看，發現新柴魚被換成了這個。」

「哦，所以便說是吾八先生偷摸了柴魚。——我懂了。是阿芳那混蛋。那婆娘就愛去翻別人的行李，真是有病。」

「阿芳啊，發現之後就拿去婆婆那裡。聽阿芳說，婆婆聞了聞柴魚後，給了她一個舊的，要她拿去換掉。我一聽，便再也待不下去。」

「可是，就爲了那麼一條鯉魚？」阿雪來到吾八身後，雙手搭上他的肩。

「所以帳房也好，阿芳也好，在我面前都沒吭聲。」

「那太不夠意思了。既然他們都沒說話，吾八先生也裝作不知道就好了。別喪氣了！」

阿雪搖晃吾八的肩膀。

「這麼軟弱，可沒辦法在這社會上行走呀！」

「什麼，小不點還教訓人呢。——吾八先生也是，別自己吞下來。」說著，阿瀧走出房間，一把抓住人就在廚房後門的阿芳胸口，從走廊拖過來。然後往吾八面前一扔：

「喏！」吾八一時愣住，她便又拖著阿芳到玄關，雙手扼住她的脖子按倒在硬泥地上。

「混帳！混帳！給我滾出去！」她只穿著足袋的腳猛力踩在阿芳的肚子上。阿芳只是翻身打滾，一句話也沒說。

「喂！」這時倉吉大喊一聲，上前推開阿瀧。阿瀧一個踉蹌，倒在大木屐櫃上。

「你幹什麼！你們一夥的是吧，想竄吾八先生的位是吧！」

然後，才見她死盯著倉吉的臉，隨即咒罵著「混帳！」，冷不防低頭朝倉吉胸口撞去，張口便咬。

二

晚了朝鮮人一週，日本的土木工人也來了。監工就住在她們旅館的別館。鄰近的暗娼寮也來了兩個會接待鎮上軍隊的女人。阿咲則被挖角到上游的新店家，她的價碼一下漲成三倍。而阿清不到五天，又下不了床了。

村民也立刻察覺到阿清的病況。因爲從這個夏天起，她每天都會背著暗娼寮的乳兒，牽著四歲的女孩，從谷裡爬到大路邊的村子。在她走到大路前，會有三、四個幼童聚在她身邊。帶著孩子的她，那張蒼白細長的臉、整潔的銀杏返[2]髮型，透出寂寞的溫暖，讓遇見的村民都先一步出聲招呼她。儘管經常臥病——也許，就是因爲經常躺著——她的頭髮總是服服貼貼，一絲不亂。她極其沉默寡言，孩子卻黏著她，因此人們都感到不可思議，不知她都向孩子說些什麼。

多虧這些孩子——暗娼寮的孩子在她枕邊寸步不離，所以她即使臥床也沒被趕走。但因多年來的生活習慣，大群男人的來到令她不得安寧，無法放心養病。

「還沒等路開通我就會死吧！」想是這麼想，心中卻像個期待慶典的馬戲團姑娘般生氣

2／（原注）銀杏返：日本髮型之一。將紮成一束的頭髮分成兩部分，左右各繞成一個環。常見於中年婦女。

勃勃，但同時，又老愛幻想自己的葬禮。——她疼愛的孩子們在靈柩後排成長長的一列，爬到山上的墓地。

在這山中溫泉已形同「在地人」的阿清，與上游新房子的主人之間形成的對照，實在極爲巧妙。那男人隨著土木工程輾轉於各個工地，所到之處都經營應召站。在溫泉旅館的客人還穿著浴衣的時候，他已經穿起厚棉袍。

村裡的姑娘看到他就像看到早年的「人販子」，都繞路避開。

但土木工人們只是隔著庭院的樹木看看溫泉旅館的二樓就走。這裡對他們而言太高級了。

流浪畫師畫完紙門後，便搭馬車越過山頭走了。看來並沒有告訴阿時。他笑著對送他到馬車客棧的阿瀧她們說：

「幫我轉告阿時，要是想我了，就多戳破幾扇紙門。」

那是沒有客人的季節，回到旅館，她們彷彿將他和阿時的事忘得一乾二淨般，縫著冬天的厚棉袍，在她們的房間裡安頓下來。她們將棄置於客房的舊雜誌搜羅起來，卻也沒人要看，淨是有一搭沒一搭地想著故鄉和結婚種種情事。從星期六到星期天，在賞楓的團客來到之前，絲毫沒察覺山裡的秋色。

吾八走後過了四天，她們便不再提起他了。

村裡的魚鋪一度爲了他來道歉。

「我們又沒叫他走……」老闆娘結結巴巴地說：

「但他也實在太悠哉了。就連忙得昏頭轉向的時候，他都還去窩在客人房裡，又老是不在，緊急的時候又找不到人。雖說待得久了，彼此不需要顧慮太多……」

一點也沒錯，吾八在這家旅館待了八年，快五十歲了。前半生憑一把菜刀，輾轉待過海岸線的各個村鎭。似乎是在那期間，左手中指的半個指節被切掉了，娶過兩、三次老婆。說「似乎」，是因爲這個溫泉鄉讓他忘卻了過去。換句話說，他待在此地，漸漸不提過去了。並非刻意隱瞞。只是失去了回想過去的興致。

混跡碼頭的那段過去，當然少不了動刀鬥狠的江湖味。然而，來到這座山，娶了帶著孩子的女人當老婆，然後疼愛這個孩子。他在不知不覺間，在這片土地就是終老之處的感覺中安定下來。

一如阿清對葬禮的幻想，吾八則湧起開小餐館的心願。但是，他的心願實在散漫——在死之前達成就好。他是如此安心待在這家旅館。所以，一下去挖山藥，一下去釣魚，一時興起便回鄰村自己家——可以說，他看待工作的態度就形同退休老人。往日的銳氣，只剩下他仍是全旅館最早起的人。

他一年到頭穿著白色棉襯衣、印半纏和短股引[3]。他的生活不需要比這更端正的服裝。身姿延續了年輕時軍旅生活的挺拔，膚色深得像油紙做的大稻草人。晚酌喝上一杯之後，便到熟客的房間聊天，但不到十分鐘便打起瞌睡。

正因他是這樣一個人，才會爲了一條柴魚而待不下去。

在寬敞的鋪木廚房裡，倉吉勤快得很——但要說起來，他也和吾八一樣，指節粗大如莊稼人。女侍們起初瞧不起倉吉，不靠近他。然而過不了幾天，還是聚在他身後，大口吃著切剩的生魚片碎料。

團體客人退房後的早上，她們會將餐點中剩下的生蛋藏在客房的櫥櫃裡。然後趁著擦拭走廊的地板時，放進客房的鐵壺裡煮熟。

而當她們對久住的客人有了好感，會將客人的剩菜移到自己的餐食來吃。但僅限於「他」的餐食。女人的餐食，或許是出於本能，她們不屑一顧。

「反正人又沒病，才不髒呢。」她們其中一人對其他人說著便伸筷去夾。

而且，也不知是不是爲了貫徹這個女性化、家庭化的表徵？一個男人的剩菜，只要她們

3／ 日本傳統的男用貼身棉長褲，腰部與腳踝處以繩繫緊固定。自江戶末期便是工匠的日常穿著。

其中一人吃了便由她獨享。這是女侍們之間不知何時開始的不成文規矩。像這種事，是她們絕對不會向客人透露的祕密。但在餐食上也花心的，還是阿絹。阿絹去了上游那裡之後，便是阿雪。

然而，搶先對工頭的餐食出手的，是難得做這種事的阿瀧。換言之，這是她們的表白方式，表示願意成爲他的女人。

三

無論她們想不想知道，早晨打掃庭院都會感到深秋已至。嬌小的阿雪吃力地拿著那高高的竹掃帚的模樣，不知爲何予人青澀稚嫩的大家閨秀風情。

阿雪拖著形同她身上裝飾的掃帚，往朝鮮女人們交談聲的方向走去。朝鮮人租了溫泉旅館門前的空屋，一群人同住。那間農舍連一張紙門、格子門都不剩。打掃溫泉旅館庭院的時間，那裡的女人蹲在井邊洗早餐的餐具，身上的白襖裙鼓了起來。阿雪看著那情景，驀然回頭，從老羅漢松的縫隙可以望見旅館別館的玄關——只見她將掃帚往羅漢松一靠，閃身躲起來。

阿瀧正蹲在別館的玄關，爲工頭纏上黃色綁腿。她雪白的後頸與桃割髮，就在坐在玄關的男人膝頭旁，好似悲傷的失物。

「阿瀧姊她……」

阿瀧她怎麼樣，阿雪並沒有明白說出來，總之，

「那個阿瀧姊她……」阿雪喃喃著，臉頰變冷，茫然地走向後院。

雙肘靠在小橋欄杆上，晃著一隻腳。朝陽穿透淺流，直達河底。淚水汩汩而下。心中滿懷對阿瀧無可言喻的愛戀。

她們的鋪蓋——沒有被褥之分，也就是被子硬得和褥子一樣，而阿瀧一邊將那髒兮兮的被褥從壁櫃拉出來，沒頭沒腦說道：

「今天我也去看爆破了。那一炸石頭崩落的瞬間，說到那痛快呀……」

阿雪噗哧一聲笑了，與硬邦邦的被褥一同倒下，邊說：

「妳不聞那煙硝味，就睡不著了呢。」

然後，雙手捂著臉伏倒，發神經般笑個沒完。

「喂！」阿瀧挺胸站著，一隻腳連番踩向阿雪的背。

「對啊。那又怎樣？」

阿雪一副沒感覺到她的腳似的，笑得雙肩直顫。

「好了，掃浴場去，打掃嘍。——阿瀧，妳還有工作呢，動作不快點，睡不夠又要紅眼睛了。」阿芳快手快腳地鋪好被褥。

這是她們拎著睡衣下去洗浴場的時間。

「不用了，我來就好，妳們快睡吧。」說著，阿瀧獨自一人走出去，粗魯地關上女侍房的木板門。

阿芳和阿吉很快就睡著了。浴場傳來水聲。於是阿雪將雙手攏在浴衣袖子裡，一副很冷似的走下浴場。這陣子她像個孩子般，老追著阿瀧跑。

有人從河灘上喊著：

「阿瀧姊、阿瀧姊。」打開格子門，只見阿絹孤身站在那裡。阿瀧來到晾衣臺上。

「什麼事？」

「妳好。」

「進來吧。」

「好，不過，」阿絹走近晾衣臺，邊抬頭看邊問：

「各位都好嗎？」

「這裡沒有能被叫做各位的高貴人。」

「我來是有點事想拜託阿瀧姊。」

「進來呀。」

「我呀，」阿絹說著，微偏著頭把弄著披肩。

「借了一點錢給工人。」

「哦。」

「總要不回來。」

「那就算了啊。沒錢的人就別朝他們要錢了。」

「不是那樣的。」

「聽說妳那裡收費最貴。」

「這可是兩回事。那個呀，是因爲老闆很精明，不先付錢不給進門。」

「說這什麼話。那妳回去就好好替我宣傳，教那些沒錢的人都來找阿瀧。」

「我呀，是眞的將我的錢借出去了。」

「眞的借出去？」

「對，我待在這裡遲遲存不了錢，這才去了那裡。可我也不打算在那裡久待，無論如何明年都要去東京學梳頭。心想多少補貼一點，才借錢給工頭他們。」

「哦，眞教人吃驚。所以他們是拿向妳借來的錢買妳啊。而且那錢還會生利息？」

「可是，很多人都不還錢。所以想請阿瀧姊去拜託工頭，讓工頭命他們還錢。或是從薪水裡扣……」

「聽妳說這什麼鬼話。痴心妄想。」說著，阿瀧從晾衣臺往房間一跳，唰的一聲關上格子門，許久未見地放聲大笑。

那眞的是許久未見的放聲大笑。這陣子阿瀧的睡眠極度不足，很少大笑。每晚都光腳受凍，行過長長的走廊從別館回來。白天則是雙眼充血，發了狠拚命工作，像頭激動的猛獸。即使悄悄從走廊回來，她也無法靜靜地打開她們的房門。

「阿瀧姊。」阿雪嬌滴滴地喊，阿瀧一驚站住。

「阿瀧姊。」

阿瀧不作聲，脫掉浴衣上的羽織。

「阿瀧姊，大家都睡得很沉。我一直幫妳溫被呢。剛才看了，魚湯都結冰了。」

「是嗎，謝謝。」說著，阿瀧突然將冷透的手伸進阿雪懷裡。

「妳很寂寞吧。」

連續了這樣幾個夜晚之後，阿雪終究還是在倉吉的房間被旅館的婆婆搖醒。

她一驚跳起來，立刻端正坐好，規規矩矩雙手扶地行禮：

「真的非常對不起。」

然後揉著眼睛，奔向女人們的房間。

「過來。」阿瀧從鋪蓋裡坐起來，抱著阿雪讓她倒在腿上。

「阿雪，妳應該更聰明才是。——原先那麼愛惜，本來要靠那個出人頭地的，卻給了倉吉那畜牲。阿雪，不可以就認定倉吉那種男人喔。快點找別人，誰都可以。我可是說真的，女人只認定一個人就輸了。要是輸給那種男人，妳就完了……討厭啦，有什麼好哭的，這沒什麼好哭的呀……沒什麼？咦，不在乎嗎？不在乎就好，可是不快點找別人，阿雪會很慘的。」

然而，翌日倉吉被旅館趕走了，阿雪也跟著他出走。

半個月後，不知從哪裡捎來一封阿雪給阿瀧的信。

「——啊，懷念的山中溫泉啊。我悲傷飄泊，昨日東今日西……」

那想必是她還在溫泉旅館時，從《講談雜誌》[4]裡記得的佳句。

據後來傳進山裡的風聲，她被男人拖著到處走，最後被賣掉了。全然是風聲。

4／ 大正時期由博文館發行的大衆文學雜誌，昭和年間停刊。

冬來

一

寒冷的冬天。水車的冰柱在月光下發亮。結了冰的木板橋面，在馬蹄下揚起金屬般的聲響。群山漆黑的輪廓猶如利刃。

阿唉獨自一人坐在公共馬車上，白色圍巾一圈圈裹著臉頰，不但如此，還以攏著手的袖兜遮住了臉，深深垂首蜷縮在車廂一角。

從停車場到這溫泉村有四里路。七點的火車，公共汽車和公共馬車都收班了。最後一班馬車抵達的時候，頂多剩溫泉泡太久而滿臉通紅的村民提著燈籠從溪谷爬上來。即便是明亮的月夜，樹影依然陰暗。大街上的人家門扉深鎖。

但是——阿唉一跳下馬車，便縮起脖子一溜煙地跑進山茶樹林。經過那濃密的葉蔭奔向竹林。然後從懷中取出瓶裝的酒，嘴對著瓶口大口灌下。

「啊！」她愉快地喘了一口大氣，腳深深縮進衣襬裡，又將圍巾重新密密捲好，以雙手袖兜按著臉，翻身一個打滾伏倒。

阿咲知道冬天的竹林暖和——積聚著枯竹葉就更暖了。她穿了兩件人造絲的長襦袢5，但沒有穿外套。

等不到二十分鐘，傳來男人的腳步聲。

「喂，嚇我一跳，睡著了嗎？」

男人邊說邊彎下腰，阿咲將他的手從她肩上往胸脯下猛力一拉。男人倒下來。她仍抓著他的手，就這麼打了好幾個滾。

「啊，真高興。你不知道人家有多想你。滾一滾就暖和了。」

「沒被人看到吧？」

「你都不體諒人家。喏，人家從五個車站之外趕來的呢。還坐了兩個鐘頭的馬車。你看，都變成這樣……」

說著便脫下足袋，在潑地的月光下露出赤裸的腳。

「變得這麼紅。」

然後她將雙腳重重擱在男人腿上，揉起紅通通的腳趾。

5／ 和服用的長版襯衣。

「好像冰凍的辣椒啊。」

男人一握住她的腳趾——那可是像冰涼的蛞蝓般貼在他掌心的、肌膚活似白蝸牛的阿咲的腳趾。一將腳趾交給男人，她便像厚厚的脂肪般倒向他。

「去村裡的溫泉暖和一下吧。」

「才不要呢。人家可是大老遠火球似的飛來。你也要讓人家變得像火球一樣才行。」

男人轉身面向她。她卻雙手撐住男人的胸口，仰身說道：

「不可以。我可不是白來的。——再說了，還有火車和馬車錢呢。」

「那算什麼，都給妳。隨時都可以給妳。」

「不行。不先給我，我就不給你當眞正的女人。」

男人耳畔驀地流過瑟瑟的溪流聲。

阿咲不是從鎭上來會情郎的。她是來做生意的。

這村子的酒家女當中，唯有阿咲尤甚敗壞風氣——這在村裡有力人士之間老早就達成了共識。派出所的警察爲表忠於他們的意見，屢屢勒令阿咲離村。而就在一個月前，這群人在宴席上嘆息兒子們依舊品行不端，她終於被警察送去了鎭上。阿咲是天生的酒家女——因爲她比妓女更像妓女。

然而，只要一張明信片，阿咲便會隨時來到她的情郎身邊。搭火車和馬車，避人耳目在夜晚的竹林裡幽會——即使如此，她還是想要「遠行」的錢。或許比起錢，她對賣身這事本身即懷抱不可思議的熱情，才會十里夜渡而來。正如傳說中女人游泳過海會男人一樣……

當然，阿咲去了鎮上，也是待在接待軍人的店裡。

那張白皙而平板的臉，似是憨然傻睡般，她的日子過得像自己都沒發現換了地方似的。只要有男人，哪裡都一樣自在。——在這樣的安適中，她彷彿不曾有過讓油打溼頭髮、好好盤起來的打算。

此刻也任由竹葉黏在脖子上，無意撥開。

男人將阿咲和服上的竹葉一片片摘下，一邊走下河谷。沿著河灘的石頭，偷偷去泡溫泉旅館的溫泉。

阿瀧一個人坐在浴槽邊上，但一見阿咲，便對拿溼手巾潑水洗眼睛的男人說道：

「昨晚隔壁的阿清死了，你知道嗎？」

「我聽說了。——我以爲妳們都睡了，沒說一聲就過來泡。」男人一臉尷尬地解開衣帶。

「今晚是阿清的守靈。說到男人，個個都沒骨氣，沒半個人要來。眞是瞧不起人。」

「就算受過她關照的，也不好出面啊。可私底下很同情她的。」

「眞可憐，你不也是讓阿清短命的其中一個嗎？」

「要是那些開路的土木工人沒來就好了。阿清很照顧村裡的孩子，大家都很體恤她。」

「可是，你看看那冷清的守靈。——再說你呀，也不怕阿清的鬼魂在竹子叢裡現身。那邊那個人，我們不歡迎妳泡喔。我們的熱水，可不是給人洗髒身子的。」

然而阿咲雖連乳房都羞得通紅，仍一言不發地低著頭，她那生麩般柔軟的腳，踩著浴場的石階走下來。

二

阿清也是酒家女——而阿咲是標準的酒家女，所以換個角度看，或許也可以說阿清是被阿咲害死的。

阿淸十六、七歲便流浪到這深山來，很快便弄壞了身體，認定這村子就是她的葬身之地。男人們像擁抱一道蒼白的影子般對待這淨想著死亡的小姑娘。儘管如此，她還是一次次壞了身子。而只要有空，她就和村裡的孩童玩耍。

土木工人來了，當她聽見岩石的爆破聲時，淸楚感覺到了：

「不待路開出來，我多半就將死去。」

果眞，不出五天，阿淸便又起不了床。暗娼寮的四歲女童和乳兒都伴在她枕邊，所以她沒被趕出去。但這村子裡的酒家女個個都曾被僱主叨唸——「看看人家阿咲」這句話，縈繞著她的病床不去。而這張床——醬菜小屋旁的一坪小房間——有時爲了客人，就連那裡也不得不拿來用。

阿淸咬牙起身，有了自殺的覺悟。不，不如「自殺的覺悟」透著這般強烈的意義，她是死心了。就結果來看，服務土木工人，不過是一種自殺的行徑。

喜歡她的孩子們，還不明白她的死與土木工人之間的關係。

阿咲出了溫泉，便露出對阿淸之死和阿瀧的侮辱一無所知的神情，若無其事地對男人說：

「再見。下次什麼時候再找我？」

「別開玩笑了。說什麼再見，這大半夜的妳要去哪裡？」

「要回去了。天亮前應該可以走到車站。」

「得走上四里路吔，四里遠的山路喔。」

「不要緊。我最喜歡夜晚和男人了，沒什麼好怕的。不會要你送我的。再見。」說著，邋遢地將手攏進袖子裡便走。

「喂，晚點走不好嗎。別那麼無情啦，等天亮了再走吧！」

「要是被發現怎麼辦？」她頭也不回，走上月光冰凍的大街。

男人呆然佇立。

但是，等男人身影消失了，阿唉便小跑步折返，躲在河谷旁村裡的公共溫泉暗處。她縮著身子等候，料想應該還有熟客會來泡溫泉。

麥芽漸顯霜色。山峰的天空微亮，候鳥不知爲何並未停駐在竹林裡，而是掠過邊緣飛走了。第二個男人正將竹林裡的火堆踩熄時，冷不防屈身蹲下：

「喂，有人來了。」

阿咲將枕在手肘上的頭抬起來，邊說：

「哦，我知道了。是給阿清送葬的。」

「別作聲。」

送葬的爬上梯田，往竹林靠近。阿咲翻身胸腹貼地，雙手支著那張平板的臉，無聲微笑眺望。

送葬——說是這麼說，其實只是兩個男人扛著一具蓋了白棉布的棺材罷了。應該是暗娼寮的老闆和管事的吧。棺材上放著兩把鐮子——該說是裝飾嗎。在這村子，人死了就土葬。

可是，孩子們呢？生前疼愛的村子裡的孩子，在靈柩後排成長長一列，爬上山裡的墓地——這幻想不正是阿清生前唯一的樂趣嗎？也是她死後的期待。

那些孩子還在睡夢中。

阿清被扛過竹林旁，抬上山裡的墓地。

「這也太過分了吧。」

「是啊。」

「想趁著天還沒亮，悄悄扔掉她。」

「我也要趁天還沒亮回去了。現在動身的話，半路就能趕上第一班馬車。」

「喂，至少先拍掉竹葉再走啊！」

「再見。下次也要寫明信片找我喔！」她拾起酒瓶，使勁一扔。酒瓶砸在眼前的竹幹上，玻璃碎片四處飛散。

抒情歌

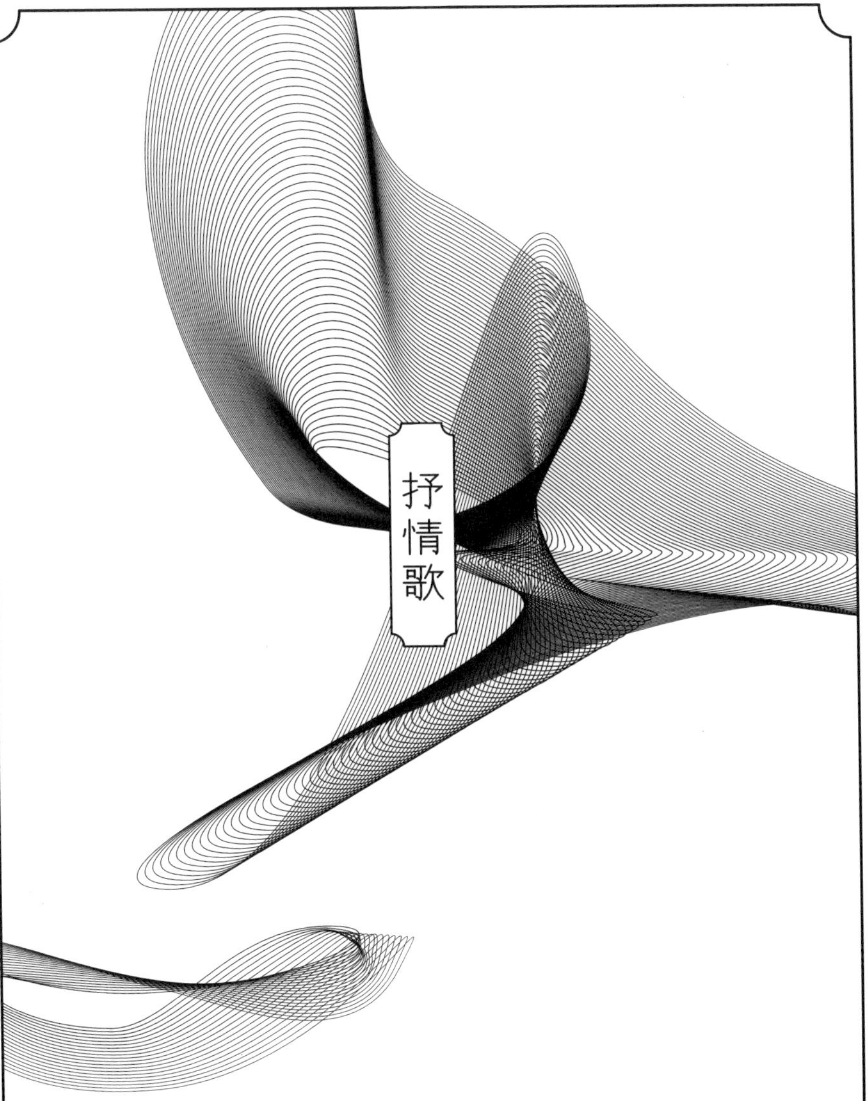

向死人說話，是多麼可悲的人類習俗啊。

但是，人類就連在死後的世界都仍須以生前的模樣活著，這於我是更爲可悲的人類習俗。

感受植物命運與人類命運間的相似，是古往今來抒情詩永恆的主題——是哪個哲學家說的我都忘了，也不知前言後語，卻只記得這句話，而所謂植物指的僅僅是開花落葉的心，抑或更深奧的心，我亦不明白，但如今認爲佛法的各種經文是無比可貴的抒情詩的我，即使要向死去的你傾訴，也認爲與其向著到了陰世仍是人世模樣的你，不如編個童話稱你轉生爲我眼前那枝早開的含苞紅梅，對著那壁龕的紅梅說話，還不知多高興呢。或也不必是眼前熟悉其名的花朵。想著你轉生爲法國那般遙遠國度不知名山中的陌生花朵，向那朵花傾訴也是一樣的。我便是這般深愛著你，至今依舊。

這麼一說，我驀然揣想自己眞的在遠眺那遙遠的國度，明明什麼都看不見，屋裡卻散開香氣。

這香氣是死的。

這樣喃喃說著，我不禁笑出來。

我年輕時從未用過香水。

你還記得嗎？已是四年前了，某一晚我在浴室裡，猝然一陣濃香襲來，儘管不知那香水的名字，我仍覺得赤身裸體嗅聞著如此強烈的味道十足難爲情，想著想著就這麼暈眩昏了過去。那與你拋棄我、瞞著我結婚，在新婚旅行頭夜往飯店的白色睡床灑上新娘的香水，正好是同一時刻。當時我不知你結婚，之後聯想起來，那正是同一時刻。

你是不是在往新床上灑香水時，驀地向我道歉了呢？

你是不是忽然想著，倘若新娘是我呢？

西洋香水這東西，有著濃烈的現世氣味。

今晚六、七位老友來訪，我們玩花牌，或許正月卻已過十五，玩花牌稍嫌不合時宜，又或許都是有了丈夫孩子的年紀玩花牌稍嫌不合時宜，彼此都曉得彼此呼出來的氣息讓室內氣氛沉重，這時父親爲我們焚了中國的香。那雖讓房裡清涼起來，大夥卻反倒沉醉在彼此的回憶裡，席間熱鬧不起來。

我相信回憶是美麗的。

但是，若在一個屋頂上有溫室的房間裡聚集四、五十個女人，同時比賽回憶往日，房裡升起的濃烈惡臭只怕會讓溫室內的花兒全數枯萎吧。並不是那群女人過去做了何等醜陋的行徑。而是過去遠比於未來更加栩栩如生，更像動物。

我想著這些奇異的景象，憶起母親。

我最初被譽爲神童，便是在一場花牌會上。

那時候我才四歲還五歲，片假名、平假名一字不識，母親不知怎麼想的，在兩軍對戰方酣時忽然望著我的臉，「龍枝，妳看得懂嗎？看妳總是乖乖地盯著瞧。」然後摸著我的頭，「妳也來搶一張牌試試？龍枝好歹能搶到一張吧。」眼見對手是天眞無知的幼童，衆人都將伸出的手縮了回去，盯著我一個人看。

「媽媽，這個？」我隨手、眞的是隨手伸出比花牌還小的手，按住了母親膝前的一張牌，抬頭望著母親。

哎呀！率先驚呼出聲的是母親，但繼母親之後衆人也齊聲驚嘆，母親便說是巧合啦，這孩子連假名都沒學呢。可是，這麼一來，來作客的人們便基於對東道主的禮數，顧不得比賽，連讀牌的人也說，小姐準備好了嗎？光爲我一個人慢慢重複讀了三、四次。我又拿了一張牌。又答對了。就這樣拿了好幾張全數猜中，但我聽著吟詠完全不懂意思，連一首也不會背，字也不識，著實是胡亂瞎猜，隨意伸手，並且從摸著我的頭的母親之手感受母親強烈的喜悅罷了。

這事立刻就傳開了。在受邀前來我家的客人面前，還有母親與我獲邀前去的人家，年幼的我每次都不斷重複這證明親子之愛的遊戲。而在玩花牌之外，我也漸漸展現出更浮誇的神童奇蹟。

今晚的我，早已能背誦百人一首的詩歌，識讀花牌上的平假名，但比起只是隨意抽牌的神童時期，反而覺得搶花牌變得愈發困難，技巧似也拙劣許多。

母親。當時我那般渴求證明與母親之間的愛，如今卻覺得母親彷如西洋香水般令人厭棄。

身爲情人的你之所以拋棄我，也是因爲你與我之間充滿了太多愛的證明吧。

自從我在你與新娘下榻飯店千里之外的浴室裡，聞到你倆新床上的香水味，我的靈魂便關上了一道門。

你離去之後，我便再也沒見過你。

也再沒聽過你的聲音。

我的天使折了翼。

因爲，我不願飛到你所在的死亡的世界。

並不是我不願爲你拋棄生命。若死後能轉生爲一朵野菊，那麼我明日就追隨你而去。

我之所以會喃喃說著這香氣是死的而失笑，笑的是我並未習慣於在葬禮或法事之外聞到中國式的香，但我想起了前些日子在兩本書裡讀到關於香的童話。

其中一則是維摩經[1]的衆香國，在那裡不同的樹會釋放不同的香氣，聖人坐在樹下，聞香領悟眞理——從一種香領悟一則眞理，再從另一種香領悟另一則眞理。

外行人看物理學的書，會認爲氣味、聲音、色彩之差異只在於人類去感覺它們的感官，然而根源是相同的。科學家煞有介事地創造出神話，宣稱靈魂和電力、磁力是相同之物。

曾經，有一對戀人以信鴿作爲愛的使者。男方出門遠行。信鴿爲何能從他所到每一處遙遠的他鄉，回到女方身邊？那對戀人深信繫在鴿子腳上的信裡擁有愛的力量。貓能看見鬼魂。在諸多情況下，動物比人類更能敏銳地預知人類的命運。我記得曾告訴你，我小時候父親在一次打獵途中，在伊豆山裡丟失了一隻英國嚮導獵犬。牠瘦成皮包骨，搖搖晃晃地，在走失後第八天回到了我們家。牠是一隻只吃主人給的食物的狗。這隻狗是憑靠什麼，從伊豆走回東京的呢？

人類從不同的氣味領悟不同的眞理，並不只是一首美麗的象徵之歌。一如衆香國的聖人以香氣爲心靈糧食，雷蒙所描述的靈魂之國的人們以顏色爲心靈糧食。

陸軍少尉雷蒙·洛奇是奧利佛·洛奇爵士[2]的小兒子。一九一四年志願從軍，成爲南蘭開夏第二聯隊附[3]後出征，一九一五年九月十四日攻打福吉丘時戰死。不久他便透過靈

1／（原注）維摩經：維摩爲一架空人物，中印度毘舍離城的大富豪，能言善道，爲佛陀的俗家弟子。維摩經爲收錄維摩談話的經典。

2／（原注）奧利佛·洛奇爵士（Sir Oliver Joseph Lodge，一八五一～一九四〇），英國物理學家。研究無線電報，發明了電磁波導無線電報。晚年著迷於靈修學，相信能與死者通話。

媒雷納德夫人和A．V．彼得斯，詳細描述靈魂之國的種種情狀。他的父親洛奇博士，遂將靈界的消息整理成一大本書。

雷納德夫人的宿靈是個叫做菲達的印度少女，彼得斯的則是名叫穆斯東的義大利老隱士。所以靈媒說著一口破英語。

雷蒙住在靈魂之國的第三界，某次去了第五界，那裡有一座看似雪花石膏砌成的巨大殿堂。

那座殿堂裡點燃各色燈火。有的地方是整片紅色的燈火，還有……藍色的，正中央似乎是橘色的。並不眞是我剛才所說的那般鮮豔的顏色，而是非常柔和的色調。而那位（菲達都以「那位」來指稱雷蒙）望著那些顏色，納悶著它們從何而來。隨後發現，有很多寬大的窗戶，上面正嵌著那些顏色的玻璃。殿堂裡的人們走到穿透紅玻璃灑落的粉紅光芒處站定，或走到藍光中站定。也有人沐浴在橘色或黃色的光之下。那位心想，人們爲何要這麼做？於是有人告訴他，粉紅色的光是愛之光，藍色是眞正能療癒心靈之光，而橘色是智慧之光。因此人們各自走進自己想要的光裡。據引路者之言，這遠比地上人們所知曉的重要得多。還說，現世的將來想必也會進一步研究各種光的效果。

你笑出來了吧。我們就是依據那些光的效果，來布置人間之愛的寢室的色彩。精神病醫

3／ 隊附爲舊軍制的職位名，意爲聯隊的附屬官。

師也很注重色彩。

雷蒙那關於氣味的故事，也和色彩的故事一樣幼稚。

其說法是，花在人間枯萎後香氣會升至天上，香氣會在天上開出和人間一樣的花朵。靈魂之國的物質全是從人間升上去的香氣轉變而來。只要細心留神，於人間死去、腐爛之物，都有它們的氣味。這些氣味升天之後，便從這些氣味製造出它們成爲氣味之前原本的模樣。金合歡的氣味和竹子的氣味不同。腐爛麻布的氣味和腐爛毛呢的氣味也不同。

人類的靈魂也並非如鬼火般一下子從屍體裡蹦出來，而是像線香般裊裊從屍體上升，到天上再聚集在一處，像臨摹殘留在人間的肉體般，塑造出那個人的靈體。所以，在陰世之人的樣貌，才會和人世之人的樣貌一模一樣。雷蒙不僅睫毛和指紋與在世時一點沒變，就連在世時的蛀牙，到了那裡也重生爲漂亮的牙齒。

在人世眼盲之人會重見光明，跛腳男人將健步如飛，一如人世般有馬、有貓、有鳥兒，也有紅磚蓋的房子，更令人莞薾的是，連雪茄和威士忌蘇打，也是由人間香氣的精華或乙太那樣之物所重塑的。夭折的孩子去了靈魂的世界後得以長大。雷蒙也見到幼時便死去而在陰世成長的手足，但那不太認識人間世界、充滿靈性的丰姿之美，尤其是穿著光織就的衣裳、手持百合、名喚莉莉的少女之清雅，詩人之筆會如何歌頌呢？眞令人神往。

相較於大詩人但丁[4]的《神曲》和大靈學家史威登堡[5]的《天堂與地獄》，雷蒙的靈界通信不過是嬰兒的牙牙學語，但正因如此，這番煞有介事的童話故才令人莞爾。而在此冗長的紀錄之中，我也是喜歡童話的段落勝過煞有介事的內容。洛奇亦非全盤相信靈媒描述的陰世情狀爲眞，只是爲他與死去兒子的多方交談立證，也就是爲靈魂不滅立證，並將此書送給在歐洲大戰中失去所愛的數十萬名母親與戀人。眞的，我讀過的靈界通信不知凡幾，當中沒有任何紀錄將靈魂的永生描述得像雷蒙那般寫實。與你死別後必須向此書尋求慰藉的我，卻只從中找出一、兩則童話，倒也始料未及便是。

可是，無論但丁和史威登堡所言爲何，西方人對陰世的幻想，相較於佛典對衆佛世界的幻想，是多麼現實，兼之貧瘠而低俗啊。在東方也是，孔子一句未知生焉知死就打發了，但今時今日的我則認爲，佛教經文中前世與來世的幻想曲，是無比可貴的抒情詩。

既然雷納德夫人的宿靈菲達是印度少女，當她訴說著雷蒙在天上見到基督喜悅得發抖時，何以沒在天界看到釋迦牟尼世尊呢？又爲何沒提到佛典所述陰世的豐富幻想呢？

雷蒙說聖誕節可以回人間的家一整天，並爲那些被家人以爲魂魄已隨著死亡灰飛煙滅的靈魂的寂寞而感嘆，於是我想起來了，你往生之後，我從未似「祭如在[6]」那般，在盂蘭盆會[7]時迎接你的「精靈[8]」。

4／（原注）但丁（Dante Alighieri，一二六五～一三二一），義大利文藝復興時期詩人。《神曲》爲敍事詩，描寫作者誤闖森林，在象徵人類理性的維吉利烏斯（或譯維吉爾，羅馬詩人）與年少時的情人貝緹莉彩的指引下，遊遍地獄、煉獄、天堂的見聞。

你也感到寂寞嗎？

我也喜歡記載了目連尊者[9]的佛說《盂蘭盆經》。《睒子經》裡也有道不誦經誠感父骨的故事。我還喜歡釋迦牟尼世尊前身的白象的故事。從燒麻桿的迎靈火到放水燈的送靈火，這些精靈祭[10]儀式都是美麗的家家酒。日本人爲了孤魂野鬼也不忘川施餓鬼[11]，甚至還做針供養[12]這類法事。

但是，我認爲最美的，還是一休禪師[13]那首「山城有瓜茄，素果淸泉逕爲祭，加茂川之水」中精靈祭的精神。

多麼盛大的精靈祭呀。今年收成的瓜是精靈，茄子是精靈，加茂川的水是精靈，桃子、柿子、梨子是精靈，已逝的亡者是精靈，在世的人也是精靈，這些精靈全聚在一起，誠摯相對，滿懷感恩，一次精靈祭，便是一心法界的現身說法。法界即一心，一心即法界，草木國土悉皆成佛祭。

松翁[14]將一休詩歌的精神作如是解。

心地觀經曰：「一切眾生，輪轉五道[15]，經百千劫[16]，於多生中互爲父母。以互爲父母故，一切男子即是慈父，一切女人即是悲母[17]。」

用了悲母這個詞。

5／（原注）史威登堡（Emanuel Swedenborg，一六八八～一七七二）瑞典科學家、思想家。最初學習數學和物理，晚年埋首靈學研究。認爲聖經是神直接的聲音，並提倡精靈與人界可通行。

6／語出論語。祭如在，祭神如神在。

經文中也寫到了父有慈恩，母有悲恩。

悲這個字，單作悲傷解未免淺薄，但佛法中母恩較父恩爲重。

我母親去世時的事，你應該記憶猶新吧。

那時你突然問我：在想母親嗎？我不知多驚訝。

當雨水就像被吸乾似的驀然放晴，初夏的日光耀眼得像全世界都空無一物。窗下的草地冒起清新的熱浪時，日已偏西。我坐在你腿上，望著清晰得彷彿才重新描線般西邊的雜木林時，草地邊緣卻朦朧變色，我以爲是夕陽映在熱浪上，卻見母親從那裡走來。

那時我未經父母同意，便與你同居。

但我並不以此爲恥。正訝異於母親的到來想起身，母親卻似是想對我說些什麼，以左手按著喉嚨，倏忽間消失了。

這一驚我全身的重量又落回你腿上，於是你問我：在想母親嗎？

哎呀，你也看到了？

看到什麼？

我媽媽剛才就在那裡呀。

哪裡？

7／（原注）盂蘭盆會：來自目連尊者依釋迦所示救母於餓鬼道的故事。農曆七月十五日供奉各式食物，救祖先父母之靈於苦海，祈冥福的儀式。

8／ 死者的靈魂。

9／（原注）目連尊者：目犍連，釋迦十大弟子之一。

那裡。

我沒看見。妳母親怎麼了嗎？

嗯，死了。她是來向女兒通知死訊的。

我立刻回父親家。母親的遺體尚未從醫院送回家。因爲不通信訊，我壓根不曉得母親病了。母親死於舌癌。會是因爲這樣，才讓我看到她按著喉嚨嗎？

我看到母親的幻影之際，也就是母親嚥氣的時刻。

我甚至沒有爲這位悲母設盂蘭盆會的祭壇，更遑論找巫女招魂聽母親談陰世。我寧可將雜木林裡的一棵小樹當成母親，對著那棵樹說話。

釋迦向眾生說法，要人們自輪迴[18]的牽絆解脫，進入涅槃[19]的不退轉[20]，所以不得不一再轉生的靈魂固然是迷惘可悲的靈魂，但我認爲輪迴轉生的教誨所編織的夢想比世上任何童話都來得豐富。那是人類所創造最美的愛的抒情詩。印度有《吠陀經》[21]這個遠古流傳至今的信仰，本就是東方之精神食糧，而希臘神話也有動人的花卉故事，此外如《浮士德》中葛麗卿[22]的牢獄之歌等，西方轉生爲動物與植物的傳說可比星屑還多。

無論是古代的聖人也好、近來的心靈學者也好，思考人類靈魂的人們大多尊崇人類的靈魂，輕蔑其他的動植物。人類耗費數千年，一味試圖在各方面區別人類與自然萬物，盲目地

10／ 即盂蘭盆。

11／（原注）川施餓鬼：在河岸或船上舉行法事，以超渡溺死之人。

12／ 二月八日或十二月八日，爲供養日常縫製作工中折損的針所做的儀式。當天不事針黹，或將針插入蒟蒻或豆腐，或奉納至神社、放入河川中等。

走來。

難道不是這自命不凡的徒勞，方使如今人類的靈魂這般寂寞嗎？或許將來有一天，人類又將循著原路折返。

你也許會笑我，說這是太古之民或化外之民的泛神論[23]？但科學家愈是精細探究所謂構成物質的元素，便愈得認清那事物在萬物間流轉不是嗎？在人世失去形體後，氣味卻形成陰世的物質，也不過是象徵科學思想的詩歌。明明物質不滅、能量守恆，卻連智慧淺薄的年輕女子如我，活了半生方了悟到只有靈魂之力會破滅，那麼我為何非思考不可呢？靈魂這兩個字，只不過是流動於天地萬物之力量的一道形容詞，難道不是嗎？

靈魂不滅的觀念，多半是活著的人對生命的執著與對死者的愛戀，之所以相信陰世的靈魂也擁有其人生前的人格，多半是基於人之常情的可悲幻想習性，但人不僅維持生前的模樣，也將人世的愛恨帶到陰世，即使生死相隔，親子仍是親子，即使到了陰世，手足仍是手足。西方曾從亡者的鬼魂得悉冥界與現世社會相似，聽聞這種說法，我反而認為人類對生之執著的習氣是孤寂的。

與其成為白色幽靈世界的一員，我寧可在死後化為一隻白鴿或一朵銀蓮花。這麼想來，在世時心中的愛該有多麼寬廣從容啊。

13／（原注）一休禪師（一三九四～一四八一）：日本室町末期的臨濟宗僧人，京都大德寺的住持。長詩畫，遊諸國，多奇行。

14／（原注）松翁：布施松翁。著有心學書籍《松翁道話》。生卒年不詳。

15／（原注）五道：人因善惡於死後所去的五個世界。即，地獄、餓鬼、畜生、人、天。

古畢達哥拉斯一派也認爲，惡人的靈魂到了來世會被塞進野獸或鳥禽體內飽受折磨。

在十字架上的血尚未乾透的第三天，耶穌基督升天，主的屍身消失無蹤。忽然有兩人站在旁邊，衣服綻放光芒。婦女們驚懼，將臉伏地。那兩人對她們說：「爲什麼在死人中找活人呢？他不在這裡，已經復活了。當記得他還在加利利的時候怎樣告訴你們，說：『人子必須被交在罪人手裡，釘在十字架上，第三日復活。』」她們就想起耶穌的話來[24]。

雷蒙在天上看到的耶穌基督，身上也穿著如這兩人般發光的衣服。不僅基督，靈魂之國的人們全都穿著光織成的衣裳，但據說靈魂認爲那是自己的心所造出的衣裳，也就是在地上過的精神生活會在死後成爲靈魂的衣物。這靈魂的衣裳裡，充滿人世的倫理教條。如同佛教有來世，雷蒙的天國也有七界，隨著靈魂的修行步步高升。

佛法的輪迴轉生之說形同人世的倫理象徵。佛法告訴我們，前世的老鷹今生爲人也好，現世的人來世爲蝶、爲佛也好，全是今生所作所爲的因果報應。

這是可貴的抒情詩的瑕疵。

古埃及著名的抒情詩〈死者之書〉[25]的轉生歌更爲直率，希臘神話中伊麗絲的彩虹衣裳更爲燦爛，銀蓮花的轉生更爲暢然喜悅。

在希臘神話裡，月亮也好，星星也好，連動物和植物都被視爲神明，而這些神明的情感

16／（原注）劫：佛教的時間單位，指極長的時間。

17／ 此段譯文引用自《大乘本生心地觀經》。

18／（原注）輪迴：印度思想、佛教的基本概念之一。靈魂不會隨肉體死去，而是輾轉移至其他肉體，正如車輪迴轉一般，永久流連於混沌的世界，生死輪替。

與人類殊無二致，會哭會笑，這樣的希臘神話健全得如同光著身子在晴天的青草上跳舞。

在那裡，神明以玩捉迷藏般的隨意化身爲花草。森林裡美麗的寧芙貝莉蒂絲爲躲避丈夫以外的年輕人的愛慕，化爲雛菊。

達芙妮爲了避開放蕩的阿波羅，守住處女的純潔，變成月桂樹。

美少年阿多尼斯不忍戀人維納斯爲他的死傷悲，轉生爲雪蓮；阿波羅傷心美少年雅辛托斯之死，將愛人的身姿變成風信子。

這麼說來，我將壁龕的紅梅看成你，對那些花朵傾訴又何妨？

不可思議吧。火中生蓮華，愛欲中悟正覺[26]。

被你拋棄、懂得了銀蓮花的心境的我，不就正如這番話嗎。傳說風神私心戀慕美麗的森林女神阿蓮莫蓮[27]。不知怎地此事傳入風神的情人花神耳中，花神太過嫉妒，便將毫不知情又無辜的阿蓮莫蓮逐出宮殿。阿蓮莫蓮在野外哭了好幾夜後頓悟，心想不如乾脆變爲花草，有生之年以美麗的花草而活，以花草的坦誠之心接受天地恩惠。

比起當個可悲的女神，變成美麗的花草該有多快樂。一想到此，女神的心這才漸漸敞亮起來。

我恨你拋棄了我，嫉妒綾子搶走了你，恨與嫉妒日日夜夜折磨著我，不知多少次，我都

19／（原注）涅槃：如火熄滅般遠離所有煩惱，進入無爲、靜寂的境地，悟道的境地。或指該境地。

20／（原注）不退轉：不斷精進修行，只進不退。

21／（原注）吠陀經：印度最古老的宗教文獻，婆羅門教的經典。也是印度宗教、文學的根源。

想著與其當個可悲的女人，不如乾脆變成銀蓮花那樣的花草還幸福得多。

人類的眼淚著實奇怪。

說到奇怪，今晚我向你說的話似乎也很奇怪，但仔細想想，我說的全是幾千年來數千萬、甚至數億人所夢想且祈願之事，或許我誕生於人世，正是作爲猶如一滴人類眼淚的象徵抒情詩。

當你在我身邊時，我的眼淚在夜晚入睡前流過我的臉頰。

然而，當我失去了你，我的眼淚在早晨醒來時流過我的臉頰。

睡在你身旁時，我從不曾夢見你。分手之後，反而夜夜做著被你擁在懷裡的夢，但我總是在睡夢中哭泣。於是早上醒來成了一件悲傷的事。與當初夜裡入睡幾乎喜極而泣的光景正好相反。

就連物質的氣味和色彩，在精靈的世界都能成爲精神糧食不是嗎？那麼戀人的愛化爲女人心靈之泉，又有何不可思議？

你屬於我的時候，我在百貨公司買的一條襯領也好，在廚房切的一條馬頭魚也好，都能領我通向那顆幸福而充滿女人之愛的心。

失去你之後，花的色彩、鳥兒鳴叫，於我都成了索然無味的空虛。天地萬物與我的靈魂

22／（原注）葛麗卿：歌德的《浮士德》女主角。在牢房歌唱時，唱到了轉生爲小鳥。

23／（原注）泛神論：神即爲天地萬物，天地萬物即爲神的理論。

24／ 此段譯文引用自中文《和合本聖經》〈路加福音二十四章〉。

之間的通路戛然被切斷了。失去愛的心，比失去戀人更教我悲傷。

這時，我讀到了輪迴轉生的抒情詩。

受教於這首詩歌，我在草木禽獸之中找到你、找到我，也漸漸找回了寬容大度去愛天地萬物的心。

是以我所領悟的抒情詩，或許正是人性愛欲的悲哀收場？

我便是那般深愛著你。

此刻，我依著初見你、尚未表明愛意那時的習慣，望著含苞的紅梅凝聚心神，全力祝禱，只求我的靈魂能夠如肉眼不能見的波浪或水流，流向你這不知身在何處的已死之人身邊。

當我看著母親的幻影，仍未開口前，你便問我：在想母親嗎？正因我倆心靈如此合而爲一，我相信沒有任何力量能夠將我們分開，便安心離開，回來參加母親的喪禮。

我坐在留在父親家中的三面鏡梳妝檯前，給你寫著我們分別後的頭一封信。

父親因母親的死而心碎，同意我們結婚。或許是作為同意的象徵，父親為我備妥一套黑色的喪服，所以此刻我正化著哀傷的妝。與你在一起之後首次穿上正式服裝的我，雖然有些憔悴，

25／（原注）死者之書：古埃及於埋葬死者時所用的文書。內容是爲死者的冥福所書之祈禱、讚頌、信條等。

26／（原注）正覺：斷絕妄念，修得佛果。正眞的了悟。

27／ 阿蓮莫蓮爲 Anemone 之音譯，即銀蓮花。

但真的很美喔。真想讓你看看鏡中的我。所以，我偷空寫信給你。黑色很美，但為了我們，我會向父親央求色彩更加繽紛的嫁衣。真想早日回去，但畢竟我之前那樣離家，眼下是道歉的好機會，所以我會忍耐到母親的五七。綾子在吧？生活起居的事，就拜託她吧。弟弟比誰都支持我，小小年紀就在親戚面前維護我，真是可愛極了。這座梳妝檯我也會帶回去。

翌日傍晚，我收到你的信。

想必妳正逞強面對守靈等種種事宜吧，要保重身體。綾子來了之後幫上很多忙。龍枝之前常說，教會學校一位法國女性友人回國時送妳的那座梳妝檯，是妳留在家裡最捨不得的東西，想必抽屜裡的粉都已變得乾硬，仍原封不動放在裡面吧。鏡中妳穿著黑色衣裳美麗的模樣，彷彿就在遠方的我眼前。真想讓妳穿上華麗繽紛的嫁衣。雖然也可以在這邊做，但若妳向父親撒嬌央求，他肯定會很高興的。雖然像是在利用別人的傷心，但妳父親正心碎，我想他會同意我們結婚的。龍枝救過一命的弟弟，過得還好嗎？

我這封信並非在回你的信。你的來信也不是回我的信。

是我倆同時在異地寫了同樣的內容。這於我倆並不稀罕。

這也是我們相愛的證明之一。在我們尚未同居前就有的習慣。

你常說，和龍枝在一起就不會遇到意外災難，很安心。我告訴你我預防了弟弟溺死的事時，你也這麼說過。

那時我在夏天海濱出租別墅的井邊洗著家人的泳衣，忽然聽見年幼弟弟的喊叫聲、弟弟在海浪間揮動的手、船帆、黃昏的天空，以及洶湧的波濤，我嚇得抬頭一看，卻是好天氣，但我仍飛奔進屋，大喊：「媽媽！弟弟不好了！」

母親臉色大變，抓起我的手便趕到海邊。當時弟弟正要上帆船。

要上船的是我的兩個女同學和快八歲的弟弟，駕船的是一名高等學校的學生。船上載著三明治、哈蜜瓜，還有冰淇淋的器具，一早就要開船前往海岸兩里外的避暑地。

果然那艘帆船在歸航途中遇到颳著強風的午後陣雨，正欲將帆轉向時，船翻覆了。

船上三人都抓住了傾倒的桅桿，在大浪中飄蕩時，由一艘汽艇救起，只喝了一點海水，沒有生命危險。但要是年幼的弟弟也在其中，船上只有一個男人，而且女學生們都算不上擅長游泳，後果不堪設想。

母親之所以立刻飛奔而去，是因爲相信我的靈魂有預知未來的能力。

當我因花牌而出名時，小學校長表示想見神童一面，母親便帶我去校長家拜訪。那時我還沒上小學，連阿拉伯數字都不認得，數數勉強也只能數到一百，卻能輕易做出乘法和除法。也能馬上說出答案雞兔同籠的應用題。對我來說，這些都輕而易舉，不需算式也不需運算，只是隨口說出數字罷了。簡單的地理和歷史問題我也對答如流。

然而這種神童的能力，母親若不在我身邊，便絕對不會顯現。

校長誇張地拍膝驚嘆，母親又說，要是家裡有東西不見了，只要問這孩子就能立刻找到。

校長嘴上唸著這樣嗎，翻開桌上的一本書讓母親看，說著令千金總不可能知道這是第幾頁吧。我隨口說了一個數字，就是那個頁數。於是校長伸出手指按在那本書上，看著我，問那麼這一行寫了什麼。

水晶念珠，藤花。雪飄落在梅花上。漂亮的嬰兒吃著草莓。

眞是太驚人了。千里眼的神童啊！這本書叫什麼名字呢？

我偏著頭一會兒說：是清少納言的《枕草子》。

我說雪飄落在梅花上，以及漂亮的嬰兒吃著草莓，正確來說應該是「梅花積雪」及「秀美稚子食莓」，但當時校長的驚訝與母親的驕傲，至今歷歷在目。

當時的我除了可以背誦九九乘法，舉凡次日的天氣、狗懷了幾胎與性別、當天的來客、父親回家的時間、下一個女傭的樣貌、有時連別家病人的死期等，一有機會就隨口預言，成了我喜愛的習慣，而且大多神準。身邊的人便大加吹捧，讓我略感得意而愈發熱中預言。我因年幼的純眞無知耽溺於這般預言遊戲之中。

這種預知未來的能力，隨著我成長失去幼兒的純眞，也漸漸離我而去。是棲息於赤子之心的天使拋棄了我嗎？

我成了少女後，天使便只間或如瞬間即逝的閃電般出現在我面前。

我剛才也說過，這善變的天使在我聞到你與綾子新床的香水時，折斷了羽翼。

當我還是年輕女孩時，前半生的信中最不可思議的那封下雪的信，如今成爲令人懷念的回憶，我已無力再寫第二次。

東京下了大雪吧。在你家玄關，那隻狼犬朝著鏟雪的男子狂叫猛吠，激動得鎖鍊都快拉倒了牠的綠色狗屋。要是牠也對我那樣吠叫，即使我大老遠來訪，也不敢走進你家大門。可憐見的，鏟雪的男子背上的嬰兒哭起來了。你來到門前，溫柔地哄嬰兒。心裡想著，這麼寒酸襤褸的老頭，他的嬰兒為何會如此活潑可愛呢。可是，男人其實年紀並沒有那麼老喔，只是勞苦讓他顯老。原本是由女傭負責鏟雪的吧。這時來了一個乞丐似的的老頭，頻頻鞠躬哈腰，說他這樣一個步履蹣跚的老傢伙，還背著孩子，走到哪裡人家都不肯讓他鏟雪，可孩子從早就沒奶喝，請可憐可憐他。女傭走進客廳來問你怎麼辦時，你正聽著留聲機裡的蕭邦。房間的牆一片雪白，古賀春江的油畫和廣重的木曾雪景版畫相對而掛，印度花布的壁毯是天堂鳥的圖案，椅套是白的，但底下是偏綠的皮革。同樣是白色的瓦斯暖爐兩端，有袋鼠裝飾，茶几上翻開的攝影集，停留在跳希臘古典舞的伊莎多拉．鄧肯[28]那一頁。一角的陳列架上，聖誕節花環依舊，想必是哪位美人送的，正月都過了還捨不得丟。還有窗簾……啊，我居然對從未見過的你家客廳憑空勾勒出諸般幻想。

然而一看隔天的報紙，東京何止沒下大雪，還是個暖和晴朗的星期一，我不禁大笑。

這封信裡描寫的房間內的陳設，並不是我幻想出來的。

也不是夢到的。

只不過是我寫信時，信手將浮現的字句寫下來。

可是，當我決心屬於你而毅然離家，搭上火車的期間東京下了大雪。

我走進你的客廳前，那封下雪的信早已被我拋諸腦後。

28／（原注）伊莎多拉．鄧肯（Isadora Duncan，一八七八～一九二七），美國舞蹈家。被譽爲現代舞之母。

然而當我一眼看到那房間，我們明明連手都還沒牽過，我卻立刻投入你懷裡，啊，原來你是這樣地愛著我。

是啊，收到龍枝妳的信當天，我就將狗屋移到了屋後。

然後你再將房間布置成我信裡寫的樣子，對不對？

說什麼傻話呢。房間一直是這樣啊。什麼都沒動。

咦，眞的嗎？我環顧起室內擺設。

龍枝覺得奇怪才教人奇怪呢。讀了妳的那封信，我不知有多驚訝。心想，原來她竟如此愛我。我相信妳的靈魂會無數次來訪，才會對這房間如此熟悉。既然靈魂都來了，本人沒道理不能來，這麼一想，我才有了寫信要妳拋棄家人來到我身邊的自信和勇氣。我倆不是老早就被命運牢牢綁在一起了嗎？妳在見到我之前就已經夢見我了。

我的心果然是與你相通的。

這也是我們的愛的證明之一。

翌日早上，果然如我信上所寫，那蒼老的男人來鏟雪了。

我每天都會去迎接從大學研究室回來的你。你回來的時間不定，而且從郊外火車站到家裡有兩條路：一條是熱鬧的商店街，一條是沿著冷清的雜木林，但我們總是在路上相遇。

我們總是異口同聲冒出同一句話。

無論我在哪裡做什麼，當你需要我的時候，用不著開口我就已來到你身邊。你在學校裡想到的晚餐菜色，我已在家裡準備好的情況也屢見不鮮。是不是我們之間愛的證明太多了呢？多到除了分手別無他法。

有一次，我送綾子到玄關時，忽然對她說，此刻讓她回去內心有點不安，要不在家裡多待一會兒？不到十五分鐘，綾子便流了好多鼻血。若是已在路上肯定很困擾吧。

這也是因爲我知道你已愛上了綾子的緣故？

儘管我們如此相愛，儘管我如此預知我們的愛情，爲什麼我卻無法預知你與綾子結婚，也無法預知你將死去呢？

爲什麼你的靈魂不告訴我，你將不久於人世呢？

盛開的夾竹桃將枝葉伸展到藍色的海上，白色的木製路標，溫泉的煙自林梢探頭。我夢見我在這樣的海岸小路上，遇見一個身穿飛行服似的服裝、戴著皮手套、濃眉、笑起來時嘴角左側微微上揚的青年。我們並肩走了一段路，我的心滿是愛意，夢醒了，但醒來後的我以爲將來或許會和飛官結婚，始終對這場夢念念不忘。我甚至清楚記得，行駛在海岸附近的汽船上有著第五綠丸的字樣。

做了那個夢的兩、三年後，叔叔帶我去了一座溫泉小鎮，我在那風景與夢境如出一轍的小路上遇見你。那天早上是我這輩子頭一次造訪鎮上，因此我不可能看過那裡的風景。

你一見到我，便像得救般鬆了一口氣，又像一眼就被我吸引，問我要去鎮上該怎麼走。

我羞紅的臉驀地朝海那頭一別，啊，船尾清楚標示著第五綠丸的汽船正在海上航行。

我顫抖著默默走著。你跟著我走，問我，妳要回鎮上嗎？能不能告訴我哪裡有腳踏車店或機車行？實在冒昧，其實我騎摩托車出門旅行，卻遇上馬車，馬兒被車輛聲驚嚇一時失控，我為了閃避這才撞上岩石，摩托車都不成樣了。

走不到二町遠，我們便不再拘謹變得親近起來。

我甚至說了以前似乎見過你這種話。

你說，我也覺得奇怪，怎麼沒有早點遇見妳呢，也就是說，和妳的話是同樣的意思。

後來在那溫泉小鎮，每次看到你的背影，我都會在內心呼喚你，而你無論離得多遠，都會立刻回頭。

和你去的每一個地方，我都覺得以前曾經去過。

和你做的每一件事，我都覺得以前曾經做過。

然而牽繫我倆的心弦卻戛然斷了線——千眞萬確，一如按下鋼琴的B音鍵，小提琴便以B音回應，音叉共鳴，靈魂相通想必也是如此，所以我未能感知你的死訊，或許是因爲你或我其中一方的靈魂收信局發生故障了吧。

又或許，我那超越時間與空間而運作的靈魂能力，卻因擔心攪亂你與新娘的寧靜，就此關閉了我的靈魂之扉？

自亞西西的聖方濟各29起，許多虔誠信仰十字架上的主耶穌基督的少女，脇下如遭長槍戳刺般流出鮮血。而且，想必人人都曾聽聞生靈、死靈一心詛咒，以祈禱咒殺人們的故事。得知你的死訊時，我悚然而驚，更渴盼化爲花草。

心靈學家說，人世的靈魂與陰世的靈魂組成一支熱烈的靈魂部隊，正努力作戰，以殲滅人們慣有的生死相隔的思維，在兩者之間架橋開路，讓人世再無死別的悲痛。

然而此時此刻我卻認爲，比起聽聞你來自靈魂之國的愛的證明，或是在冥土、來世再次與你結爲戀人，都遠不及你我皆化爲紅梅或夾竹桃，由搬運花粉的蝴蝶促成我倆的姻緣來得美好。

到了那時，也就不必再因循這人類可悲的習俗，對著死人傾訴了。

29／（原注）聖方濟各（San Francesco d'Assisi，一一八二～一二二六），中世紀時出生於義大利亞西西的修道士，方濟會（天主教派別之一）的創始人。

禽獸

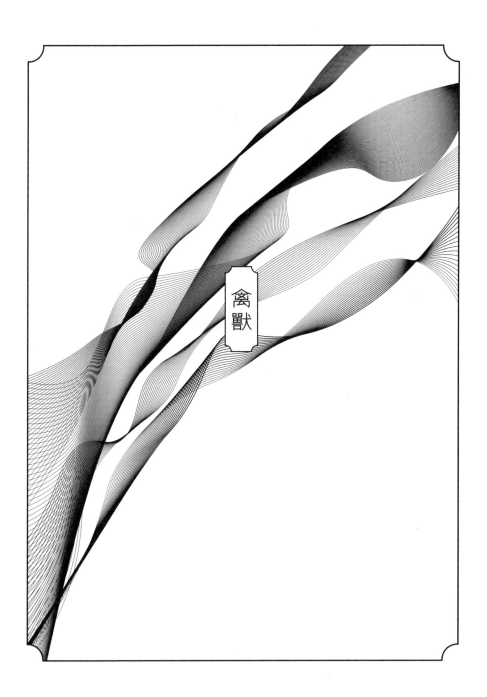

小鳥的叫聲，打破了他的白日夢。

已然老朽的卡車上載著一只大鳥籠，那鳥籠足足比舞臺上押解要犯的竹囚籠還大上兩、三倍。

他搭乘的計程車，似乎不知何時駛入了出殯的車隊。後面那輛車，駕駛前方的擋風玻璃上貼著「二十三」的號碼牌。轉頭往路邊一看，原來他們正在門外立有「史蹟太宰春台[1]墓」石碑的禪寺前。寺門上也貼出告示：

「山門不幸，津送[2]執行」。

計程車在坡道的中段，坡下是有交通警察站崗的十字路口。因一時間湧入多達三十輛汽車，車流遲遲消化不了，他望著放生用的鳥籠，心下煩躁，便問身邊鄭重其事抱著花籃正襟危坐的小女傭：

「幾點了？」

不過，小女傭當然不可能有鐘錶。司機代她答道：

「再十分七點。但這個鐘慢了六、七分鐘。」

初夏傍晚天色猶亮。花籃裡的薔薇香氣濃烈。禪寺的庭園裡飄來六月樹花擾人的氣味。

「那會來不及，可否幫忙趕個路？」

1／（原注）太宰春台（一六八〇～一七四七），江戶時代的漢學家，繼承了荻生徂徠提倡的古文辭學。

2／ 辦理喪事。禪家稱送葬爲津送。

「現在只能靠右走多少算多少，等過了這一段才能趕。——日比谷公會堂今天是什麼活動？」司機多半盤算著招攬活動結束後的客人。

「舞蹈表演。」

「啊？——放生那麼多鳥，不知得花多少錢。」

「怎麼會在路上遇見人家辦喪事，眞不吉利。」

耳邊傳來凌亂撲打翅膀的聲音。原來是群鳥因卡車起步的震盪而騷動。

「這是好兆頭呢。沒有比這更好的了。」

司機彷彿要以行車來爲自己的話表達感情般，向右側切出去，順勢追過出殯的行列。

「奇怪，和我想的正相反呢。」他笑了，但又認爲，人們會習慣這麼想也是理所當然的。

要去看千花子跳舞卻在意這種事，如今想來眞是可笑。要說不吉利，比起在路上遇到喪事，將動物的屍體扔在家裡不管才更不吉利。

「今晚回去後，千萬別忘了要丟掉戴菊。還在二樓的壁櫥裡吧？」他一股腦兒對小女傭交代。

那對戴菊死去一週了。他懶得將屍體移出籠外，就這樣棄置在爬上梯子後盡頭的壁櫥裡。每次有來客，都要將鳥籠底下的坐墊拿進拿出，可他和女傭都已習慣了小鳥的屍體，也懶得拿去扔了。

戴菊和煤山雀、褐頭山雀、鷦鷯、藍歌鴝、銀喉長尾山雀一樣，都屬於最小型的家鳥。上半是橄欖綠色，下半是淺黃灰色，脖頸帶灰，翅膀有兩條白帶，飛羽的外羽片外緣是黃色。頭頂有一道粗黑線圈起一段黃線。鼓起羽毛時，那段黃線十分明顯，看起來就像戴著一片黃菊花瓣。雄鳥的黃色帶著豔橘色。圓溜溜的眼睛顯得滑稽可愛，歡喜地在鳥籠頂部盤旋的動作也活潑輕快，可愛之餘，又流露出高雅氣質。

鳥販子是晚上帶來的，他立刻就放上昏暗的神龕[3]。過了一會兒去看，小鳥的睡姿美極了，兩隻鳥相互依偎，頭埋進對方身上的羽毛中，正好形成一團圓圓的毛線球，分辨不出彼此。

他一個年近四十的單身漢，因童心而感到心頭一陣暖意，就這麼站在餐桌上，注視神龕良久。

他心想，要說起兩小無猜的年少初戀情侶，即便是人類，總能在哪個國家找到一對睡得如此純淨甜美的吧。雖然希望有人能一起欣賞這睡姿，但他沒有喊女傭。

次日起，他吃飯時也將鳥籠放在餐桌上，望著戴菊。連會客時也是寵物不離身。不好好

3／ 此處的神龕原文爲神棚，是日本擺放在室內祭祀的神道神龕，通常設於牆上高處。

聽對方說話，不是揮著手以手指餵食歌鴝的雛鳥，熱中於訓練手振駒[4]，不然就是將柴犬抱在腿上耐心抓跳蚤，

「柴犬有著宿命論者的特質，我很喜歡。不管是像這樣抱在腿上也好，還是要牠坐在房間角落也好，都可以乖乖待上大半天呢。」

像這樣，直到客人起身都沒有正面瞧上對方一眼的事所在多有。

夏天時，他將黃金稻田魚或鯉魚苗放進客廳茶几上的玻璃缸裡。

「可能是年紀的緣故，我愈來愈不愛見男人。男人很討人厭啊。教人片刻就厭倦了。吃飯也好，旅行也好，作伴的都只能是女人。」

「結婚不就好了嗎？」

「結婚啊，也要是看來薄情的女人好，所以不行啊。明知這人八成薄倖無情仍伴作不知，這樣交往起來才是最輕鬆的。女傭我也是盡量找看起來薄情的。」

「就是因爲這樣才養動物吧。」

「動物倒不會薄情。——要是身旁沒個有生命的、會動的什麼，我就覺得冷清得受不了。」

他心不在焉地說著這種話，望著玻璃缸裡色彩繽紛的小鯉魚，盯著牠們隨身軀游動而不

4／ 此處的「駒」爲日本歌鴝，日文爲「駒鳥」，據傳因叫聲似馬嘶聲而得名，爲日本三大鳴禽之一。可訓練至在其面前揮手便啼叫，訓練成功的鳥便稱爲「手振駒」。

斷變化的鱗光，暗忖在這麼狹小的水缸裡，也存在微妙的光影世界，早忘了一旁的客人。
鳥販子只要有新的鳥，就會默默帶來他這裡。有時他書房裡的鳥多達三十種。
「鳥販子又來了嗎？」女傭一臉嫌惡。
「有什麼不好？要是這樣能讓我開心上四、五天，可再划算也不過。」
「可是，老爺整天一臉嚴肅地只顧著看鳥。」
「有點邪門嗎？看起來快神智失常了嗎？屋子裡會靜得太冷清嗎？」
但就他而言，小鳥初來的那兩、三天，生活會充滿滋潤與朝氣。他會感到天地的可貴。這多半要怪他自己，他從人類身上感受不到這些。貝殼、花卉雖美，仍比不上活生生的小鳥，頃刻便能領略造化之妙。即使成爲籠中鳥，這些小傢伙也充分展現出活著的喜悅。
嬌小活潑的戴菊夫妻更是如此。
然而才過一個月，放餌時，其中一隻飛出了鳥籠。女傭慌了手腳，讓小鳥逃到倉庫上方的樟樹。清晨樟樹葉上結了霜。兩隻鳥一內一外，放聲高叫。他立刻將鳥籠放在倉庫的屋頂上，放好黏鳥竿。叫聲愈發淒切，逃走的鳥終究在正午時分遠遠飛走了。這隻戴菊是從日光的山裡來的。
剩下的是母鳥。兩隻在一起睡得多甜啊——他不厭其煩地這樣催鳥販子，也去了不少家鳥店，都沒找到。後來，老闆又託人從鄉下找來了一對。他說只要公的。

「牠們就是成對的啊。只留一隻在店裡也不是辦法，母的就白送您。」

「可是，三隻處得來嗎？」

「應該可以。兩個籠子挨在一起擺上四、五天，彼此就熟悉了。」

但是，他就像小孩子要把弄新玩具，等不及玩似的。鳥販子一走，便立刻將新來的兩隻移到原來那隻的籠裡。出乎意料地引起一陣騷動。新來的兩隻不肯停在棲木上，噗噗拍著翅膀從鳥籠一端飛到另一端。原來的那隻戴菊怕得縮立在籠子底部，怯怯地仰望那兩隻吵鬧。兩隻鳥像落難夫妻般，彼此呼喊。三隻鳥都受驚得心頭亂跳。試著放進壁櫥裡，戴菊夫婦鳴叫著挨在一起，離婚的母鳥落了單惶惶不安。

他心想這樣不行，便將牠們分了籠，但看到一邊的夫婦，便覺得另一邊的母鳥可憐。於是，他將原本的母鳥和新的公鳥放進同一個鳥籠。新公鳥與分開的妻子互相叫喚，不願與原有的母鳥親近，但不知何時起，便挨在一起睡了。第二天傍晚，又將牠們關進同一個籠子，也不像昨天鬧得那麼凶了。兩隻鳥分別從兩邊將頭埋進一隻鳥身上，三隻窩成一團睡了。於是他將鳥籠放在枕畔，自己也睡了。

然而，次日早上醒來一看，只見兩隻睡得像一團溫暖的毛線球，而在那棲木下的鳥籠底部，一隻鳥羽翼半張，伸長了腳，微張著眼，死了。彷彿不能讓那兩隻看到似的，他輕輕撿出死屍，瞞著女傭，丟進垃圾筒。認為自己害一隻鳥慘死。

他暗忖「死的是哪一隻？」，緊盯著鳥籠看，與預期相反，存活的看來是原來的母鳥。比起前天來的母鳥，他對養了一陣子的母鳥更有感情。也許是他的這份偏愛讓他覺得眼前是原來的母鳥。沒有家人、孤身一人生活的他，痛恨自己這種偏愛。

「倘若感情有輕重之分，又何必與動物一起生活？明明就有人類這種方便的生物了。」一般認為戴菊是非常脆弱、不好養活的鳥。但這之後，他的兩隻鳥都很健康。

先是得到了盜獵來的紅頭伯勞的雛鳥，後來又得餵食山上來的各種雛鳥，離他無法外出的季節近了。他將洗衣盆搬到簷廊讓小鳥洗澡時，藤花飄落盆裡。

聽著翅膀的拍水聲，清理籠裡的鳥糞時，牆外傳來孩子的吵鬧聲，聽起來似是在擔憂什麼小動物的生命，他怕是他的剛毛獵狐㹴幼犬從中庭跑出去，便從牆上探頭一看，是一隻雲雀幼雛。腳都還站不穩的幼雛，在垃圾堆裡擺動纖弱的翅膀。他萌生了一個念頭：來養吧。

「怎麼了？」

「對面的人……」一個小學生指著桐樹綠得刺眼的一戶人家，「是他們丟的。會死掉吧。」

「嗯，會死。」他說完，冷漠地離開圍牆。

那戶人家養了三、四隻雲雀。多半是將這隻無望成爲鳴禽的幼雛丟棄。撿了廢鳥也沒用——他的慈悲心腸當下消失無蹤。

有些鳥在雛鳥期間無法分辨雌雄。鳥販子會從山裡帶回整窩雛鳥，一旦分辨出是母的就丟掉。因爲不會叫的母鳥賣不掉。喜愛動物這回事，到後來自然而然還是會求那當中較優越的，一方面也難以從內心動搖這種冷酷的心理。他是那種看到什麼寵物都想養的個性，但從經驗中明白，這種氾濫的愛到頭來形同薄情，又考慮到這將造成自己對生活的心態墮落，所以如今無論再出色的名犬、名鳥，凡是由別人之手養大的，即便求他收下，他也不想養。

所以人類就是討厭——孤獨的他如此自私地想著。一旦成爲夫婦、親子手足，即使對方再不足取，也無法輕易斬斷關係，不得不死了心共同生活。況且人們都有所謂的自我。

與其如此，他認爲將動物的生命或生態視爲玩物，將某一理想的鑄模定爲目標，以人工的、畸形的方式養育牠們，才是悲哀的純潔，神一般的清爽。對於那些瘋狂追求良種、虐待動物式的愛護動物者，他則視之爲這天地間、亦爲人世間的悲劇象徵，冷笑著容任其行徑。

去年十一月，某天傍晚，一個似乎因腎臟病這類宿疾而虛弱得像顆乾癟橘子的狗販子繞來他家。

「其實，剛才出了件要不得的事。我進了公園便放開牽繩，可這霧讓天色昏暗，只消眨眼工夫，野狗就騎上去了。我馬上分開牠們，畜生，我踢牠肚子，踹得牠站不起來，心想應該不至於懷上，偏偏就有了，實在諷刺。」

「你也太散漫了。好歹你也是這一行的專家。」

「是啊，真丟人，實在不敢告訴別人。可惡，害我轉眼間就賠了四、五百圓。」邊說著，狗販子那蠟黃的嘴唇不住抽搐。

那隻精悍的杜賓犬喪氣地縮著頭，以畏怯的眼神不時抬頭瞄著腎臟病人。霧漫過來了。那隻母狗，本來透過他的推薦說好要賣的。他再三叮嚀，說要是去了買主家卻生下雜種，也會害他面子掛不住，但狗販子多半是缺錢，過了一陣子，沒讓他看狗就賣了。誰知兩、三天後，買主牽著狗來找他。說買去的翌晚就死產。

「女傭聽見牠痛苦地嗚咽聲，便打開擋雨門，說是看到牠在簷廊地板下吃生下的孩子。女傭又驚又怕，那時天剛亮，也不是很清楚生了幾隻，女傭似乎看到牠正在吃最後生下的那隻。我趕緊請來獸醫，獸醫說狗販子不可能不告知就販賣懷孕的狗，肯定是被野狗搭上交配過，一頓發狠踹打後才牽過來的吧。生產的情況很不尋常。也可能是有吃孩子的癖好。全家人都非常憤慨，說既然這樣乾脆退回去。又說遭到這般對待的狗太可憐了。」

「我看看。」他隨手抱起狗，撫弄著牠的乳房，

「這是養過孩子的乳房啊。這次是因爲死產才吃掉的。」狗販子不守信用讓他很生氣，儘管憐惜狗，仍面無表情地說著。

他家裡也生下過雜種。

他就連外出旅行，也不與男性旅伴同房，不願讓男人在自己家裡過夜，也不讓學生寄宿。但連狗都只養母的，倒無涉於這種嫌棄男人的心情。公狗若非特別優秀便無法當種犬。況且買種犬不但花錢，還得像電影明星般宣傳，因此行情好壞難測，還容易被捲入進口種犬的競爭圈子，形同賭博。他曾經去一家狗店，看一隻有名的日本㹴種犬。那狗整天窩在二樓的被窩裡。只要被抱到樓下，似乎已積久成習，牠便認爲是母狗來了。活像個老練的妓女。由於毛短，異常發達的器官無所遁形，就連他也別過眼，大感掃興。

不過，他倒也不是在意這種事而不養公狗，而是因爲狗的生產和育兒，對他而言是無比的樂趣。

那是隻不太安分的波士頓㹴犬。牠會挖牆角，啃破舊竹籬，發情時被綁起來，卻能咬斷繩子跑出去，所以他早知道會生下雜種。但當被女傭喚醒時，他仍像醫生般一睜眼便十分清醒，交代道：

「去拿剪刀和脫脂棉。還有，趕快剪斷酒罈的繩子。」

中庭的土，唯有初冬朝陽照耀之處嶄露一股淡淡的新意。在那樣的陽光下，狗橫臥著，茄子般的肉袋從肚腹探出頭來。牠意思意思搖了幾下尾巴，哀訴似的仰望他，突然間，一種道德上的苛責襲上他心頭。

這隻狗是頭一次發情，身體還沒有發育成熟。因此牠的眼神看來似乎未能眞切感受分娩這回事。

「我的身體到底發生了什麼事？我不清楚，好像是很麻煩的事。我該怎麼辦才好？」就像這般，略感內疚的靦腆，卻又極爲無邪地全然倚靠別人，似乎對於自己此刻的作爲不覺得需負上任何責任。

所以他才會想起十年前的千花子。當年，她向他出賣自己的時候，臉上就是這隻狗的神情。

「聽說做我這種生意的，會漸漸失去感覺，眞的嗎？」

「也不能完全這麼說，要是遇到妳喜歡的人就好。而且，只有兩、三個固定對象，倒也說不上做生意。」

「我挺喜歡你的。」

「但還是已經沒感覺了?」

「怎麼會呢。」

「是嗎?」

「出嫁時會知道的吧。」

「會知道的。」

「要怎麼做才好?」

「妳之前呢?」

「你太太是怎麼做的?」

「天曉得。」

「告訴我嘛。」

「我沒有老婆。」他說著,一臉不可思議地注視著她嚴肅的表情。

「因爲實在很像,才會於心不忍。」他抱起狗,移進產箱。

不一會兒,母狗生下了包在胎囊裡的幼犬,但似乎不知如何處理。他拿起剪刀剪開胎囊,又剪斷臍帶。第二個胎囊很大,在泛青的濁水中,第二個胎兒看來是死了。他迅速拿報紙包起來。接著產下三胎。全在胎囊裡。到了第七胎,這最後的孩子在胎囊裡蠕動,乾癟瘦弱。他看了看，連同胎囊直接拿報紙包起來。

「拿去扔了吧。在西方，爲了減少生下的小狗，會殺掉那些長不好的，這樣才能養出好狗。但看重人情的日本人做不到。——給母狗餵些生雞蛋。」

然後洗了手，又鑽回被窩。心中溢滿著新生命誕生的喜悅，幾乎想上街四處走走。他已忘了自己才殺了一隻幼犬。

然而，在幼犬已能微微睜眼的某個早上，死了一隻。他拎出來放在懷裡，早上散步時順便扔了。兩、三天後，又有一隻變冷了。母狗爲了做睡窩會扒稻草。小狗被埋在稻草堆裡。可小狗還沒有足夠的力氣撥開稻草爬出來。母狗也沒叼出孩子。不僅沒有，還一頭睡在底下就壓著小狗的稻草堆上。夜裡，小狗不是被壓死、就是被凍死，就和以乳房悶死孩子的愚蠢人類母親一樣。

「又死了。」他隨手將第三隻的屍體放在懷裡，吹口哨召集狗兒們，去了附近的公園。看著那波士頓㹴犬一臉不知道害死孩子、欣喜地四下跑，他忽然又想起千花子。

千花子十九歲時，被一名投機客帶去哈爾濱，在那裡向俄國的白人學了三年舞蹈。男方不管做什麼都失敗，失去了生活的動力，要千花子加入在滿洲巡迴演出的樂團，後來兩人好不容易回到內地5，但才在東京落腳後不久，千花子便拋棄投機客，與在滿洲便一路同行

5／ 指日本舊憲法中的北海道、本州、四國、九州，亦稱「本土」。相對於此，當時日本所統治的關東州（滿洲）、臺灣、朝鮮等地則爲外地。

的伴奏者結了婚。然後登上各種舞臺，也舉辦自己的舞蹈發表會。

那時，他也算是樂壇人士，倒不是他眞的懂音樂，只不過是每個月資助某音樂雜誌罷了。但是爲了與朋友聊天扯淡，他常去音樂會。也看了千花子的舞蹈，深受她肉體散發的野性頽廢所吸引。究竟是什麼樣的祕密，讓她如此野性地甦醒？相較於六、七年前的千花子，他委實感到不可思議。甚至後悔那時爲什麼沒有和她結婚。

但是，第四次演出發表時，她那肉體的力量驟然萎頓許多。他氣勢洶洶地去了休息室，也不管她還沒換下舞衣正在卸妝，便扯著她的袖子，帶她到微暗的後臺。

「放開我。稍微一碰到那裡，胸部就會痛。」

「妳這樣怎麼行呢，居然做出這種傻事。」

「因爲，我向來就很喜歡小孩呀。我眞的很想要自己的孩子。」

「妳要養孩子？做那種一般女人做的事，還能靠這本事生活嗎！妳往後帶著孩子怎麼辦？妳早該當心的。」

「可是，我也沒辦法嘛。」

「胡說。女藝人怎麼能每次都來眞的。妳丈夫是怎麼想的？」

「他很高興，很疼孩子。」

「哼。」

「以前做過那種事的我也能生小孩，我好高興。」

「那就別跳舞了。」

「才不要！」她的聲音出乎意料地激動。他便不作聲了。

然而，千花子沒有再生第二個孩子。後來她身邊也沒看到那個生下來的孩子。但或許因為這個緣故，她的夫妻生活似乎籠上一層陰影。這些傳聞也傳進他耳裡。

千花子無法像這隻波士頓㹴犬那樣，對孩子無情。

而那些小狗，他想救的話是能救的。第一隻死後，將稻草剪得更碎，或是在上頭鋪塊布，就能避免後面幾隻死去。他心知肚明。但是，最後那隻終究和其他三隻手足同樣死去。他並不是巴望著小狗死去。但，也沒有非要牠們活下來不可的念頭。之所以這麼冷漠，多半因為牠們是雜種吧。

以前路邊的狗常跟著他走。他會大老遠地與這些狗說著話回家，餵牠們食物，布置溫暖的窩給牠們睡。他很慶幸狗知道他的心地。可自從他養了自己的狗，便對路上的雜種狗不屑一顧。想來對人亦如斯——他在輕蔑世俗家庭的同時，也嘲笑自己的孤獨。

雲雀的雛鳥也一樣。救回來養的慈悲心腸霎時消失，轉念心想撿隻廢鳥回來也沒用，就放著讓孩子們玩死了。

然而，就在他去看雲雀雛鳥的那一會兒工夫，他的戴菊泡水泡太久了。

他吃了一驚將籠子從水盆裡拿出來，只見兩隻都倒在籠底，像溼透的破布般一動也不動。將鳥托在掌心，見腳微微抽動。

「太好了，還活著。」他猛然站起，將那已然閉眼、小小身軀冷透了、根本不像救得活的小東西握在手中在長火盆上烤著，還添了炭要女傭搧風。羽毛冒出蒸氣。小鳥痙攣地抽動著。他認爲就算只是因遭到烘烤的熱度受驚，或許也能成爲與死亡對抗的力量，但他的手受不了火氣，便在籠子底部鋪了手巾，將小鳥放在上面，拿去烤火。烤得手巾都呈焦黃色了。小鳥時不時像被彈起來似的，啪嗒啪嗒地展開翅膀滾動，卻無法站立，又閉上了眼睛。羽毛乾透了。但離開火後，仍是倒著，不像活得下去的模樣。女傭去了養雲雀的人家，問到小鳥虛弱時，餵小鳥喝番茶、拿棉花裹起來就好。他便拿脫脂棉花將小鳥包起，雙手捧著，將涼了的番茶餵進鳥喙裡。小鳥喝了。又將擂餌[6]拿到近旁，也伸頭過來啄了。

「啊，活過來了。」

多麼教人振奮的喜悅啊！回神一看，爲了救小鳥的性命，足足花了四個半鐘頭。

但是，兩隻戴菊幾度想停在棲木都掉落。似乎是腳趾張不開。抓過來伸指一摸，腳趾僵

6／ 日本餵食小鳥的一種獨特飼料。以磨碎的米糠、魚、草等加水調製，用來餵養食蟲性的鳥。

硬緊縮著，好似細枯枝般一折就斷。

「是不是老爺剛拿去烤火的緣故？」女傭這麼一說，他才發現腳爪的顏色變得乾枯，正因心裡大喊不妙，眼下他更是惱怒。

「牠們要不是在我手裡、就是在手巾上，怎麼可能會烤壞腳趾。——要是明天腳還不好，妳就去鳥販子那兒問要怎麼辦。」

他將書房的門上了鎖，關在裡面，將小鳥的雙腳放進自己嘴裡為牠們暖腳。舌上的觸感逼出了哀憐的淚水。不久，他手心的汗便濡溼了翅膀。在口水的滋潤下，小鳥的腳趾稍微變軟了些。那腳要是魯莽著去碰很可能就會折斷，他先小心將一根腳趾拉開，試著讓它握住自己的小指。又將腳含在嘴裡。拆下籠內的棲木，將移入小碟子裡的飼料擺在籠底，但看來鳥要以不方便的腳站著啄食還是有困難。

「老闆也說，只怕是老爺烤焦了。」翌日女傭從鳥店回來。

「還說可弄些番茶幫牠們暖腳。不過，鳥大多能啄著腳自行痊癒。」

原來如此，小鳥的確頻頻以喙啄自己的腳趾，或是啣起拉扯。

「腳啊，你怎麼了？振作點啊！」牠們以啄木鳥般的氣勢，奮力地啄著。勇敢地努力以不方便的腳站起來。彷彿想說「實在太奇怪了，身體怎麼會有地方不聽使喚」似的，小東西的生命力光明向上，直教人想爲牠們大喊加油。

雖也讓牠們將腳爪浸泡在番茶裡，但看來還是含在人類的嘴裡管用。兩隻戴菊都不太親人，先前只要一握住，鳥的胸口便劇烈起伏。但傷了腳後一、兩天，似乎完全熟悉了他的手心，不僅一點也不怕，還愉快地鳴叫著，讓他抱著吃食。這更惹他愛憐。

但是，他這番悉心看顧也不見好轉，便躲懶怠忽了，萎縮依舊的腳爪沾滿鳥糞，到了第六天早上，戴菊夫婦雙雙死去。

小鳥眞的說死就死了。往往是早上才在鳥籠裡意外發現屍體。

他家裡最先死的是紅雀。那對紅雀在夜裡被老鼠扯去了尾巴，血染鳥籠。公鳥第二天死了。然而那隻母鳥，陸續找來給牠作伴的公鳥不知爲何一隻接一隻死去，牠卻光著那猴子般的紅屁股，活了很久。但後來仍衰弱而死。

「在家裡好像養不活紅雀。不養紅雀了。」

本來，他就討厭紅雀這種少女偏愛的鳥。比起西方常見的食穀鳥，他更偏愛日式食蟲鳥的雅致[7]。以鳴禽而言，像金絲雀、黃鶯、雲雀這類叫聲華麗的鳥，他都不愛。而他之所以養了紅雀，不過是因爲鳥販子帶來給他。加上死了一隻，便買來補上罷了。

7／ 食穀鳥主要以植物種子撒餌餵食；食蟲鳥在餵食上除了須磨碎鳥食，剛捕獲的亦不易餵養，飼育上較困難。

可拿狗來說，好比一度養了牧羊犬，就會希望家裡一直有這個品種。嚮往像母親的女人，愛上像初戀情人的女人，想和神似亡妻的女人結婚，不是同樣的情感嗎？選擇與動物生活，就是爲了想孤寂地享受更自由的傲慢。他不再飼養紅雀。

繼紅雀之後死去的是黃鶺鴒。腰部以下的黃綠色和腹部的黃色，再加上那柔和淡然的身姿，頗有竹林蕭疏的意趣，尤其親人，不願進食時，若改由他親手餵食，便會高興地顫動著半張的羽翼，惹人憐愛地叫出聲，歡快地進食，也曾淘氣啄著他臉上的痣。所以後來他將牠在房裡放出來，因撿食鹽味仙貝還是什麼的殘屑撐死之後，雖也曾想再養隻新的，卻改變主意，在那空鳥籠裡放進了沒養過的琉球歌鴝。

但是戴菊的溺水或腳傷，全出於他的過失，反而更加難以斷念死心。老闆很快又帶來一對。畢竟是小型鳥，這次幫牠們洗澡時，他明明在水盆旁寸步不離地看著，卻還是迎來同樣的結果。

將籠子從水盆裡取出時，小鳥雖閉著眼睛渾身顫抖，但總算雙腳還能站著，光這樣就比上回好多了。他也已懂得要小心別讓腳烤焦。

「又失手了。幫我升火。」他故作鎮定，慚愧地說，

「老爺，可是，不如就讓牠們死吧。」

他吃了一驚，恍如大夢初醒。

「可是想想上次，很快就能救回來。」

「就算救回來，也活不久呀。上次也是，腳變成那樣，我總想著不如早點死了好。」

「只要救就能救活。」

「讓牠們死對牠們才好。」

「是這樣嗎？」他驀然感到肉體衰微得近乎要暈厥，默默上了二樓的書房，將鳥籠放在窗口的日光下，茫然地望著戴菊死去。

他祈求著，也許陽光的力量能救活牠們。但內心又莫名哀戚，彷彿眼睜睜凝視著自身的無能，也無力像先前那樣爲救小鳥的性命大費周章。

等到終於斷了氣，便將小鳥溼淋淋的屍體從籠裡取出，托在掌中半晌。然後又放回籠裡，塞進壁櫥。轉身便下了樓，對女傭只若無其事說了一句：

「死了。」

戴菊因體型嬌小，脆弱易死。但是，同樣嬌小的銀喉長尾山雀、鷦鷯、煤山雀等，在他家卻活得好好的。而且居然兩次都因水浴而死。難不成就像紅雀那樣，死過一隻的人家，就很難再養活紅雀？他不禁思索著這具宿命意味的事。

「我和戴菊緣盡於此。」說著對女傭笑了笑，躺在起居室裡，由著幼犬們拉扯頭髮，然後從一字排開的十六、七個鳥籠裡，選了雛鴞，帶去樓上書房。

雛鴞一看到他，便怒目圓睜，頻頻轉動縮起的脖子，嘴裡呼呼地尖聲鳴叫。這隻雛鴞在他的視線下，絕不進食。手指夾著肉片靠近，雖會憤然咬著，但就銜在嘴邊不吞下。他曾經賭氣和牠比耐性到天亮。只要他在旁邊，雛鴞便正眼也不瞧擂餌，身子也不動。但當黑夜逐漸泛白，肚子實在餓了。他就聽到鳥在棲木上橫著走近食餌的腳步聲。一回頭。只見牠正縮起頂上的羽毛、瞇起眼、一臉只怕不能再陰險狡詐的神情朝餌伸長了脖子，赫然一抬頭，朝他憎恨地鳴叫，然後裝作一臉沒事樣。他看向別處。不久便又聽到雛鴞的腳步聲。雙方四目相交，鳥又遠離餌。如此一再反覆，紅頭伯勞已高亢唱起清晨的喜悅。

他不僅不討厭這隻雛鴞，還視牠爲快樂的慰藉。

「我一直在找這樣的女傭。」

「哼。你有時倒也頗爲謙讓的嘛。」

他露出厭惡的表情，別過臉不再看那友人。

「嘰嘰、嘰嘰！」呼喚起旁邊的紅頭伯勞。

「嘰嘰嘰嘰嘰嘰嘰嘰！」紅頭伯勞像要將周遭一切全吹走般，高聲回應。

這隻紅頭伯勞雖然和雕鴞同爲猛禽，但幼時親手餵食的親密沒有消失，總像個愛撒嬌的小姑娘般親近他。無論是聽到他外出歸返的腳步聲，抑或輕聲咳嗽，都會立刻鳴叫。從籠裡出來時，會飛到他肩頭或腿上，愉悅地顫動雙翅。

他將這隻紅頭伯勞放在枕邊代替鬧鐘。每當天一亮，無論他翻身、動了動手或調整枕頭，「唧唧唧唧！」牠都會如此撒嬌，連他嚥口水，「嘰嘰嘰嘰！」牠也會這樣回應，而牠雄偉地喚他起床的鳴聲，則猶如閃電劈穿生活的清晨般暢快不已。與他幾度呼應，待他完全清醒後，牠便學著各種鳥兒靜靜輕啼起來。

「今天也是美好的一天。」紅頭伯勞就在一天之初率先讓他浮上這樣的念頭，然後各種小鳥的叫聲隨之而起。穿著睡衣伸出沾了擂餌的手指，肚子餓的紅頭伯勞雖會激動地咬上來，他亦將此視爲愛情。

即使是兩天一夜的旅行，他也會夢見那些動物而在半夜醒來，所以他幾乎不離家。或許是這習慣變本加厲，有時連外出訪友或購物，一個人在半路上覺得無聊便折返。沒有女伴時，只好帶著小女傭出門。

去看千花子的舞蹈表演時也是，都喚來小女傭提花籃了，總不能一句「算了回家吧！」便折返。

當晚的舞蹈表演由某家報社主辦，十四、五名女性舞蹈家聯合展演。他已兩年沒看千花子登臺了，但爲她舞技的沉淪而不忍卒睹。野性力量的遺緒，徒餘低俗的媚態。舞蹈基礎動作之美，也隨著她的肉體走向崩壞。

儘管計程車司機那麼說，但半路遇見喪事，家裡又有一對戴菊屍體，他大可藉口不吉利，要小女傭將花籃送到休息室就好。可她又說務必見個面。他暗忖，看了剛才的表演後要多說些什麼也很痛苦，不如趁中場休息交差了事，便走向休息室，到了入口，還沒停住腳步便閃身躲在門後。

千花子正在讓一名年輕男子化妝。

她那靜靜閉著眼，微微仰頭伸頸，將自己完全交給對方似的，動也不動的雪白臉孔，尚未描上眉、眼、脣，看起來就像個沒有生命的人偶。猶如死了一般。

將近十年前，他曾經試圖和千花子殉情。那時他老將「想死啊、好想死」掛在嘴邊，其實並沒有非死不可的理由。那不過是他在保持獨身、只與動物作伴的生活裡，浮現的一星泡沫珠兒般的念頭罷了。所以在他眼中，老是等待別人帶來這世上的希望，迷迷糊糊倚賴旁人，實在談不上是活著的千花子，是個適合攜手赴死的對象。果不其然，千花子露出一臉不明白自己正在做的事究竟意味著什麼的表情，天眞地答應了，只提出一個條件：

「聽說會亂踢衣襬，所以要將腿綁牢喔。」

他拿著細繩縛緊她的腿的時候，這才驚豔於她那腿的美，不由心想：「人們肯定會說，那傢伙竟然能和如此美麗的女人一起死。」

她背對他躺下，純眞地閉上眼，微微伸長脖子。然後合掌。虛無的可貴如閃電般擊中了他。

「啊，不可以死。」

他當然不想殺人也不想死。他也不清楚千花子是認眞的還是作戲。從她的表情看來都不像。那是盛夏的午後。

但此事讓他大爲震驚，從此做夢也沒想過自殺，也絕口不提。那時他打從心底領悟到：將來無論發生什麼事，都必須永遠感激這個女人。

讓年輕男子化舞臺妝的千花子，讓他想起了當年她合掌時的臉龐。方才坐上車後腦海裡浮現的白日夢，也是這個。即使在夜晚，每當想起千花子，便有種被盛夏耀眼的陽光包覆的錯覺。

「就算是這樣，我何必躲到門後呢。」他喃喃著沿走廊折返，有個男人熱絡地朝他打招呼。他一時認不出此人，男人卻顯得很興奮：

「果然很棒。這麼多人一起跳，果然襯托出千花子的出色。」

「哦。」他想起來了。是千花子那個當伴奏者的丈夫。

「最近好嗎？」

「哎，本想去府上打聲招呼的。其實去年年底，我和她離婚了，不過千花子的舞還是出類拔萃啊。太棒了。」

不知怎地他心口一陣苦悶，慌亂著想給自己添點甜美的記憶。此時，一句話浮現腦海。他懷裡正好有一本十六歲便香消玉殞的少女的遺稿集。這陣子他正熱中於閱讀少年少女的文章。那十六歲少女的母親，似乎親手爲她的遺容化妝。在女兒死去那天的日記最後寫下的句子是：

「生來初次化妝的臉龐，宛如新娘。」

川端康成年譜

明治三十二年（一八九九）

六月十四日，生於大阪市天滿此花町，為父親榮吉與母親源之子。其上有一姊芳子。父親為醫師，熱愛漢學。

明治三十四年（一九〇一）　二歲

一月，父逝。

明治三十五年（一九〇二）　三歲

一月，母逝。隨祖父母移居原籍地大阪府三島郡豐川村。姊姊寄養於大阪府東成郡鯰江村的姨母家，姊弟分離。

明治三十九年（一九〇六）　七歲

入學就讀豐川村小學校。九月，祖母逝。從此與祖父相依為命。

明治四十二年（一九〇九）　十歲

七月，姊逝。

明治四十五年・大正元年（一九一二）　十三歲

進入大阪府立茨木中學。大量閱讀《新潮》、《中央公論》等小說和文藝刊物，中學二年級時便立志成為小說家。

大正三年（一九一四）　十五歲

五月，祖父逝。成為孤兒，被豐里村的舅舅家收養。

大正四年（一九一五）　十六歲

三月，入住茨木中學的宿舍，直到畢業。嗜讀白樺派的作品。

大正五年（一九一六）　十七歲

開始向雜誌投稿短歌、俳句，並為茨木的小報撰寫短篇小說與短文。

大正六年（一九一七）　十八歲

一月，英語老師倉崎仁一郎猝死，以〈為恩師抬棺〉（師の柩を肩に）一文投稿於石丸梧平的雜誌《團欒》，獲刊，昭和二年三月改題為〈倉木老師的葬禮〉重刊於《KING》。

大正七年（一九一八）　十九歲

三月，中學畢業後，前往東京。寄居於淺草藏前的表兄家，常去淺草公園。九月，進入第一高等學校一部乙類（英文），住校。最常閱讀俄國文學。

秋，初次赴伊豆旅行。途中與流浪藝人一行人結伴而行。此後十年，每年均前往湯島溫泉。

大正九年（一九二〇）　二十一歲

七月，自一高畢業，進入東京帝國大學英文科。與石濱金作、酒井真人等同窗及今東光籌畫《新思潮》的第六度出刊，為承襲雜誌之名前往拜訪菊池寬以徵求同意。從此長期受菊池照拂。

大正十年（一九二一）　二十二歲

二月，《新思潮》第六度復刊。四月，發表〈招魂祭一景〉，成為出道作品。同年，在菊池家認識橫光利一、久米正雄、芥川龍之介等人。

九月至十一月，經歷與伊藤初代訂婚、又遭單方面悔婚的打擊。

四月，〈招魂祭一景〉（新思潮）

七月，〈油〉（新思潮）

大正十一年（一九二二）　二十三歲

六月，由英文科轉至國文科。是年起於《新思潮》、《文章俱樂部》、《時事新報》等撰寫小品與文評。

大正十二年（一九二三）　二十四歲

一月，菊池寬創立《文藝春秋》，自第二期起加入編輯群。

五月，〈會葬的名人〉（文藝春秋，後改題為〈葬禮的名人〉）

七月，〈南方之火〉（新思潮）

大正十三年（一九二四）　二十五歲

三月，自東京帝國大學畢業。畢業論文為〈日本小說史小論〉。十月，與片岡鐵兵、橫光利一、今東光、中河與一、佐佐木茂索等二十來人創刊《文藝時代》，「新感覺派」誕生。

大正十四年（一九二五）　二十六歲

結識秀子，展開婚姻生活（但此時尚未正式登記結婚）。

八月，〈十七歲的日記〉（文藝春秋，後改題爲〈十六歲的日記〉）

十二月，〈白色滿月〉（新小說）

大正十五年・昭和元年（一九二六）

與片岡鐵兵、橫光利一、岸田國士加入衣笠貞之助的新感覺派電影聯盟。川端的劇本《瘋狂的一頁》拍成電影，獲全關西電影聯盟推舉為是年的優秀電影。

一月，〈伊豆的舞孃〉（文藝時代，二月完結）

六月，《感情裝飾》處女短篇集（金星堂）

昭和二年（一九二七）　二十八歲

四月，自湯島回東京，居於高圓寺。十一月，移居熱海。

三月，《伊豆的舞孃》短篇集（金星堂）

四月，〈梅之雄蕊〉（文藝春秋）

五月，〈柳綠花紅〉（文藝時代，日後與前作合併，改寫爲〈春景〉）

昭和四年（一九二九）　三十歲

九月，移居上野櫻木町。常去淺草公園取材，認識了劇團Casino Folies的跳舞女郎。十月，與堀辰雄、深田久彌、永井龍男等加入同人雜誌《文學》，犬養健、橫光利一也一同加入。

十月，〈溫泉旅館〉（改造）

十二月，〈淺草紅團〉（東京朝日新聞，五年二月完結）

昭和五年（一九三〇）　三十一歲

四月，在文化學院、日本大學授課。九月《淺草紅團》電影上映。

六月，〈春景〉（《十三人俱樂部》第一集）

十二月，《淺草紅團》（先進社）

昭和六年（一九三一）　三十二歲

與古賀春江、高田力藏等畫家相識相熟。

一月，〈水晶幻想〉（改造）

昭和七年（一九三二）　三十三歲

三月，伊藤初代來訪。梶井基次郎去世。

一月，〈給父母的信〉（若草，後分四篇刊載，於九年一月完結）

二月，〈抒情歌〉（中央公論）

九月，〈化妝與口哨〉（朝日新聞，十一月完結）

十月，〈慰靈歌〉（改造）

昭和八年（一九三三）　三十四歲

二月，《伊豆的舞孃》登上銀幕。十月，與武田麟太郎、林房雄、小林秀雄、豐島與志雄、里見弴、宇野浩二、深田久彌等人創辦雜誌《文學界》。

七月，〈禽獸〉（改造）

十二月，〈臨終之眼〉（文藝）

昭和九年（一九三四）　三十五歲

二月，直木三十五逝。三月，因松本學成為文藝懇談會的會員。十二月，至越後旅行。
三月，〈虹〉（中央公論）
五月，〈文學自傳〉（新潮）

昭和十年（一九三五）　三十六歲

一月，芥川獎設立，成為評審委員。冬，受居住於鎌倉淨明寺宅間谷的林房雄之邀，移居其鄰家。此後定居鎌倉至逝世。
一月，〈夕景色之鏡〉（文藝春秋）、〈白朝之鏡〉（改造，兩者均爲《雪國》的獨立篇章）
七月，〈純粋之聲〉（婦人公論）
十月，〈童謠〉（改造）

昭和十一年（一九三六）　三十七歲

一月，《文藝懇談會》創刊，任編輯。是年，新潮獎、池谷信三郎獎設立，任評審委員。

一月，〈義大利之歌〉（改造）

四月，〈花的圓舞曲〉（改造，五月完結）

十月，〈父母〉（改造）、〈女性開眼〉（報知新聞，十二年七月完結）

昭和十二年（一九三七）　三十八歲

七月，《雪國》與尾崎士郎的《人生劇場》同獲文藝懇談會獎。十二月，北條民雄逝。是年，移居鎌倉二階堂。

六月，《雪國》（創元社）

十一月，〈高原〉（文藝春秋，此中篇小說後以變換篇名續寫的形式在各種雜誌發表過，共計五次）

昭和十三年（一九三八）　三十九歲

四月，觀賞本因坊秀哉名人引退棋戰。

七月，〈名人引退棋賽觀戰記〉（東京日日新聞、大阪每日新聞連載至十二月，後幾經改寫爲〈名人〉）

昭和十四年（一九三九）　四十歲

二月，任菊池寬獎評審委員。於熱海過冬。

昭和十五年（一九四〇）　四十一歲

三月，與橫光利一、片岡鐵兵前往東海道旅行。

昭和十六年（一九四一）　四十一歲

一月，〈母親的初戀〉（婦人公論，後以〈我愛的人們〉系列連載至十二月）

春季至初夏，遊滿洲。九月，應關東軍之邀，與大宅壯一、火野葦平等人再度前往滿洲。於奉天、北京各停留一個月，於大連停留數日，十二月，太平洋戰爭開戰前夕回國。

昭和十七年（一九四二）　四十三歲

八月，以島崎藤村、志賀直哉、里見弴、武田麟太郎、瀧井孝作為編輯，創辦季刊誌《八雲》。

八月，〈名人〉（八雲）

昭和十八年（一九四三）　四十四歲

三月，前往大阪收黑田政子為養女。

五月，〈故園〉（文藝，斷續連載至二十年一月，未完）

八月，〈夕日〉（日本評論，斷續連載至十九年）

昭和十九年（一九四四）　四十五歲

四月，以〈故園〉、〈夕日〉等作品獲菊池寬獎。十二月，片岡鐵兵逝。

三月，〈夕日〉續篇（日本評論）

昭和二十年（一九四五）　四十六歲

四月，以海軍報導組員身分前往鹿兒島縣鹿屋的空軍基地。五月，與久米正雄、中山義秀、高見順等居住於鎌倉的作家開設租書鋪「鎌倉文庫」。後成為出版社鎌倉文庫，於日本橋成立事務所。熟讀《源氏物語》。

昭和二十一年（一九四六）　四十七歲

一月，鎌倉文庫創辦《人間》雜誌。三島由紀夫來訪。是年，移居鎌倉長谷。

昭和二十二年（一九四七）　四十八歲

二月，〈重逢〉（世界）

十二月，〈山茶花〉（新潮）

七月，新潮文庫出版戰後第一部作品《雪國》。十二月，橫光利一逝。

昭和二十三年（一九四八）　四十九歲

三月，菊池寬逝。六月，就任日本筆會會長。太宰治自殺。

一月，〈再婚者手記〉（新潮，斷續連載後於八月完結，後改題爲〈再婚者〉）

二月，〈橫光利一弔辭〉（人間）、《川端康成全集》十六卷（新潮社出版，昭和二十九年四月出齊）

十月，〈信〉（風雪別冊，後改題爲〈反橋〉）

昭和二十四年（一九四九）　五十歲

十一月，應廣島市之邀與筆會的豐島與志雄等人視察原爆災情。

四月，〈時雨〉（文藝往來）、〈住吉物語〉（個性，後改題爲〈住吉〉）

五月，〈千羽鶴〉（讀物時事別冊）

九月，〈山之音〉（改造文藝）

昭和二十五年（一九五〇）　五十一歲

三月，鎌倉文庫結束營業。四月至五月和筆會成員一同訪問廣島、長崎。

十二月，〈舞姬〉（朝日新聞，二十六年三月完結）

昭和二十六年（一九五一）　五十二歲

二月，伊藤初代逝。

五月，〈玉響〉（別冊文藝春秋）

昭和二十七年（一九五二）　五十三歲

〈千羽鶴〉獲二十六年度藝術院獎。

昭和二十八年（一九五三）　五十四歲

二月，〈月下之門〉（新潮，斷續連載，十一月完結）

十一月，與永井荷風、小川未明一同獲選為藝術院會員。

昭和二十九年（一九五四）　五十五歲

以〈山之音〉獲野間文藝獎。

一月，〈湖〉（新潮，十二月完結）

七月，《吳清源棋談．名人》（文藝春秋新社）

昭和三十年（一九五五）　五十六歲

一月，〈伊豆的舞孃〉英譯（由賽登斯蒂克〔Edward George Seidensticker〕編譯）刊登於《大西洋月刊》。

一月，〈某人的一生中〉（文藝，連載至三十二年一月，未完）、《東京人》（一、五、十、十二月，新潮社）

昭和三十一年（一九五六）　五十七歲
二月，《彩虹幾度》（河出書房）
二月，前往《雪國》拍攝地越後湯澤。

昭和三十二年（一九五七）　五十八歲
三月，〈身爲女人〉（朝日新聞，十一月完結）
三月，為出席國際筆會執行委員會赴歐，會見莫里亞克、艾略特等人，五月回國。以日本筆會會長身分，為九月東京召開的國際筆會大會盡心盡力。

昭和三十三年（一九五八）　五十九歲
二月，就任國際筆會副會長。三月，獲菊池寬獎。六月，至沖繩旅行。晚秋，因膽囊炎住院。

昭和三十四年（一九五九）　六十歲
四月，出院。七月，於法蘭克福的國際筆會大會獲頒歌德獎章。

昭和三十五年（一九六〇）　六十一歲
五月，受美國國務院之邀赴美。七月，出席於巴西召開的國際筆會大會，八月回國。獲頒法國藝術與文學軍官勳章。

昭和三十六年（一九六一）　六十二歲

一月，〈睡美人〉（新潮，三十六年十一月完結）

十一月，日本政府授予文化勳章。

一月，〈美麗與哀愁〉（婦人公論，三十八年十月完結）

十月，〈古都〉（朝日新聞，三十七年一月完結）

昭和三十七年（一九六二）　六十三歲

一月，出現安眠藥的戒斷症狀，住院。十月，加入世界和平七人委員會。十一月，《睡美人》獲每日出版文化獎。

昭和三十八年（一九六三）　六十四歲

四月，財團法人日本近代文學館創立，任監事。

昭和三十九年（一九六四）　六十五歲

六月，出席於奧斯陸舉辦的國際筆會大會。七月谷崎潤一郎逝。

昭和四十年（一九六五）　六十六歲

一月，〈某人的一生中〉（文藝，定稿）

六月，〈蒲公英〉（新潮，斷續連載至四十三年十月，未完）

十月，辭任日本筆會會長。

昭和四十一年（一九六六）　六十七歲

九月，〈玉響〉（小說新潮，連載至四十一年三月，未完；此爲NHK晨間連續劇所寫的小說，與二十六年發表的小說同名）

一至三月，入東大醫院治療休養。六月，赴松江旅行。

昭和四十二年（一九六七）　六十八歲

五月，《落花流水》散文集（新潮社）

二月，針對中國文化大革命，與石川淳、安部公房、三島由紀夫聯合發表聲明，呼籲「維護學術與藝術的獨立自主」。

十二月，《月下之門》（大和書房）

昭和四十三年（一九六八）　六十九歲

六至七月，於參議院選舉時擔任今東光的競選總幹事。十月，獲瑞典皇家科學院授予諾貝爾文學獎。十二月，於瑞典學院以〈我在美麗的日本——其序論〉為題，發表紀念演說。

十二月，〈秋野〉（新潮）

昭和四十四年（一九六九）　七十歲

一月，結束領取諾貝爾獎的歐洲之旅回國。三月，前往檀香山。四月，獲選美國藝術文學院榮譽會員。五月，於夏威夷大學發表題為〈美的存在與發現〉的紀念演說。《川端康成全集》（新潮社）刊行。六月，獲同大學的榮譽文學博士，回國。九月，出席舊金山拓荒百年紀念日本週，舉辦特別演講〈日本文學之美〉。

一月，〈夕日野〉（新潮）

昭和四十五年（一九七〇）　七十一歲

六月，出席臺北舉辦的亞洲作家會議並發表演說。同月底，出席首爾的國際筆會大會，於漢陽大學舉行紀念演說〈以文會友〉。十一月，三島由紀夫切腹自決。

一月，〈伊藤整〉（新潮）
三月，〈鳶舞西空〉（新潮）
四月，〈蓄髮〉（新潮）
十二月，〈竹聲桃花〉（中央公論）

昭和四十六年（一九七一）　七十二歲

一月，任三島由紀夫治喪委員長。四月，全力支持秦野章競選東京都知事。

一月，〈三島由紀夫〉（新潮）
四月，〈書法〉（新潮，五月分載）
十一月，〈隅田川〉（新潮）
十二月，〈志賀直哉〉（新潮，連載至四十七年三月，未完）

昭和四十七年（一九七二）　七十二歲

三月七日，因急性盲腸炎住院開刀，十五日出院。四月十六日，於逗子海洋華廈內的書房以煤氣自殺。《岡本加乃子全集》的序文成為絕筆。

九月，《蒲公英》（新潮社，未完的長篇遺作）

昭和四十八年（一九七三）

一月，《竹聲桃花》（新潮社，遺作集）

四月，《現代日本文學集　川端康成》（學習研究社）、《定本　圖錄川端康成》（日本近代文學館編，世界文化社）

（本年譜參照《新潮　川端康成讀本》編製）

川端康成作品集 03

伊豆的舞孃

伊豆の踊子

Izu No Odoriko

作　　者　川端康成
譯　　者　劉姿君
社　　長　陳蕙慧
總 編 輯　戴偉傑
責任編輯　周奕君．戴偉傑
行銷企畫　陳雅雯．趙鴻祐
封面設計　IAT-HUÂN TIUNN
內頁排版　宸遠彩藝
集團社長　郭重興
發 行 人　曾大福
出　　版　木馬文化事業股份有限公司
發　　行　遠足文化事業股份有限公司
地　　址　231新北市新店區民權路108之4號8樓
電　　話　02-22181417
傳　　眞　02-86671065
Email　service@bookrep.com.tw
郵撥帳號　19588272 木馬文化事業股份有限公司
客服專線　0800221029
法律顧問　華洋國際專利商標事務所　蘇文生律師
印　　刷　前進彩藝有限公司
初　　版　2023年5月
定　　價　290元
ISBN　978-626-314-424-8

歡迎團體訂購，另有優惠，請洽業務部02-22181417分機1124

國家圖書館出版品 預行編目(CIP)資料

伊豆的舞孃/川端康成著；劉姿君譯. -- 初版. --
新北市：木馬文化事業股份有限公司出版：
遠足文化事業股份有限公司發行, 2023.05
184面；14.8 X 21公分. -- (川端康成作品集；3)
譯自：伊豆の踊子
ISBN 978-626-314-424-8(平裝)
861.57　112005423

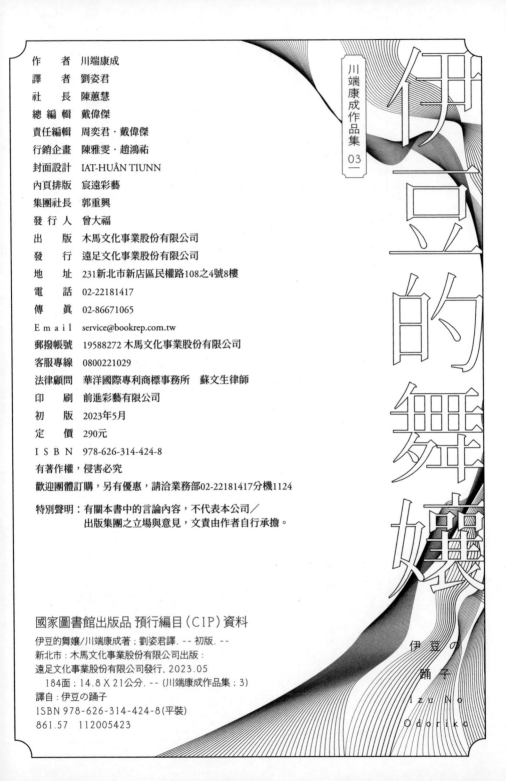